# FIZEMOS BEM EM RESISTIR

Affonso Romano de Sant'Anna

# FIZEMOS BEM EM RESISTIR
### Crônicas selecionadas

*Copyright* ® 1994 *by* Affonso Romano de Sant'Anna

Direitos para a língua portuguesa reservados
com exclusividade para o Brasil à
EDITORA ROCCO LTDA.
Av. Presidente Wilson, 231 – 8º andar
20030-021 – Rio de Janeiro – RJ
Tel.: (21) 3525-2000 – Fax: (21) 3525-2001
rocco@rocco.com.br
www.rocco.com.br

*Printed in Brazil*/Impresso no Brasil

CIP-Brasil. Catalogação na fonte.
Sindicato Nacional dos Editores de Livros, RJ.

| | |
|---|---|
| S223f | Sant'Anna, Affonso Romano de, 1937 –<br>Fizemos bem em resistir – crônicas selecionadas / Affonso Romano de Sant'Anna. – Rio de Janeiro: Rocco, 1994.<br><br>ISBN 85-325-0490-6<br><br>1. Crônicas brasileiras. I. Título |
| 94-0950 | CDD–869.98<br>CDU–869.0(81)-8 |

O texto deste livro obedece às normas do
Acordo Ortográfico da Língua Portuguesa.

# SUMÁRIO

## De *A mulher madura*

| | |
|---|---|
| A mulher madura | 9 |
| Fazer 30 anos | 12 |
| Como namoram os animais | 15 |
| Cordel da mulher gaieira e do seu cabra machão | 18 |
| Despir um corpo a primeira vez | 21 |
| O surgimento da beleza | 24 |
| Conselhos durante um terremoto | 27 |
| Fizemos bem em resistir | 30 |
| O segundo verso da canção | 33 |
| Encontro com Bandeira | 36 |

## De *O homem que conheceu o amor*

| | |
|---|---|
| Antes que elas cresçam | 41 |
| Arte e fuga da espera | 44 |
| Da minha janela vejo | 47 |
| O mar, a primeira vez | 50 |
| Quando os amantes dormem | 53 |
| Viver o verão | 56 |
| O jogador e sua bola | 59 |
| A inveja | 61 |
| Desaparecendo a lição | 64 |
| O amor impronunciável | 67 |
| A carne viva | 70 |
| Envelhecer: com mel ou fel? | 73 |
| Quando os cabelos embranquecem | 76 |

Perto e longe do poeta ............................................................. 79
A roupa do desejo e o desejo da roupa ..................... 82
A metafísica da barba ............................................ 85
Com a Mangueira na avenida ................................. 88
O homem que conheceu o amor .............................. 91

### De *A raiz quadrada do absurdo*

Longos cabelos no mar ............................................ 97
Quando se é jovem e forte ..................................... 100
Amor, o interminável aprendizado ........................ 103
Metamorfose amorosa ............................................ 106
Um ônibus com lírios e formigas ........................... 109
João, o Rosa ........................................................... 112

### De *De que ri a Mona Lisa?*

Porta de colégio ...................................................... 117
De que ri a Mona Lisa? ......................................... 120
Que presente te dar ............................................... 123
Essa lagoa em frente ............................................. 125
O cético .................................................................. 128
O homem diante dos tanques ................................ 130

### De *Mistérios gozosos*

Casada, amando outro ........................................... 135
Mistérios gozosos ................................................... 138
Quando as filhas mudam ....................................... 141
Velho olhando o mar ............................................. 144
O incêndio de cada um .......................................... 147
Duas horas olhando o mar .................................... 150
O escritor, o leitor ................................................. 153
Improviso para Mozart .......................................... 156
Rubem, o passarinho ............................................. 159
*Ubi sunt?* ............................................................. 162

DE A MULHER MADURA

# A MULHER MADURA

O rosto da mulher madura entrou na moldura de meus olhos. De repente, a surpreendo num banco olhando de soslaio, aguardando sua vez no balcão. Outras vezes ela passa por mim na fila entre os camelôs. Vezes outras a entrevejo no espelho de uma joalheria. A mulher madura, com seu rosto denso esculpido como o de uma atriz grega, tem qualquer coisa de Melina Mercouri ou de Anouke Aimée. Há uma serenidade nos seus gestos, longe dos desperdícios da adolescência, quando se esbanjam pernas, braços e bocas ruidosamente. A adolescente não sabe ainda os limites de seu corpo e vai florescendo estabanada. É como um nadador principiante, faz muito barulho, joga muita água para os lados. Enfim, desborda.
A mulher madura nada no tempo e flui com a serenidade de um peixe. O silêncio em torno de seus gestos tem algo do repouso da garça sobre o lago. Seu olhar sobre os objetos não é de gula ou de concupiscência. Seus olhos não violam as coisas, mas as envolvem ternamente. Sabem a distância entre seu corpo e o mundo.
A mulher madura é assim: tem algo de orquídea que brota exclusiva de um tronco, inteira. Não é um canteiro de margaridas jovens tagarelando nas manhãs.
A adolescente, com o brilho de seus cabelos, com essa irradiação que vem dos dentes e dos olhos, nos extasia. Mas a mulher madura tem um som de adágio em suas formas. E até no gozo ela soa com a profundidade de um violoncelo e a sutileza de um oboé sobre a campina do leito.

A boca da mulher madura tem uma indizível sabedoria. Ela chorou na madrugada e abriu-se em opaco espanto. Ela conheceu a traição e ela mesma saiu sozinha para se deixar invadir pela dimensão de outros corpos. Por isto as suas mãos são líricas no drama e repõem no seu corpo um aprendizado da macia paina de setembro e abril.

O corpo da mulher madura é um corpo que já tem história. Inscrições se fizeram em sua superfície. Seu corpo não é como na adolescência uma pura e agreste possibilidade. Ela conhece seus mecanismos, apalpa suas mensagens, decodifica as ameaças numa intimidade respeitosa.

Sei que falo de uma certa mulher madura localizada numa classe social, e os mais politizados têm que ter condescendência e me entender. A maturidade também vem à mulher pobre, mas vem com tal violência que o verde se perverte, e sobre os casebres e corpos tudo se reveste de uma marrom tristeza.

Na verdade, talvez a mulher madura não se saiba assim inteira ante seu olho interior. Talvez a sua aura se inscreva melhor no olho exterior, que a maturidade é também algo que o outro nos confere, complementarmente. Maturidade é essa coisa dupla: um jogo de espelhos revelador.

Cada idade tem seu esplendor. É um equívoco pensá-lo apenas como um relâmpago de juventude, um brilho de raquetes e pernas sobre as praias do tempo. Cada idade tem seu brilho e é preciso que cada um descubra o fulgor do próprio corpo.

A mulher madura está pronta para algo definitivo. Merece, por exemplo, sentar-se naquela praça de Siena à tarde acompanhando com o complacente olhar o voo das andorinhas e as crianças a brincar. A mulher madura tem esse ar de que, enfim, está pronta para ir à Grécia. Descolou-se da superfície das coisas. Merece profundidades. Por isto, pode-se dizer que a mulher madura não ostenta joias. As joias brotaram de seu tronco, incorporaram-se naturalmente ao seu rosto, como se fossem prendas do tempo.

A mulher madura é um ser luminoso e repousante às quatro horas da tarde, quando as sereias se banham e saem discretamente perfumadas com seus filhos pelos parques do dia. Pena que seu marido não note, perdido que está nos escritórios e mesquinhas ações nos múltiplos mercados dos gestos. Ele não sabe, mas deveria voltar para casa tão maduro quanto Yves Montand e Paul Newman, quando nos seus filmes.

Sobretudo, o primeiro namorado ou o primeiro marido não sabem o que perderam em não esperá-la madurar. Ali está uma mulher madura, mais que nunca pronta para quem a souber amar.

# FAZER 30 ANOS

Quatro pessoas, num mesmo dia, me dizem que vão fazer 30 anos. E me anunciam isto com uma certa gravidade. Nenhuma está dizendo: vou tomar um sorvete na esquina, ou: vou ali comprar um jornal. Na verdade estão proclamando: vou fazer 30 anos e, por favor, prestem atenção, quero cumplicidade, porque estou no limiar de alguma coisa grave. Antes dos 30 as coisas são diferentes. Claro que há algumas datas significativas, mas fazer 7, 14, 18 ou 21 é ir numa escalada montanha acima, enquanto fazer 30 anos é chegar no primeiro grande patamar de onde se pode mais agudamente descortinar. Fazer 40, 50 ou 60 é um outro ritual, uma outra crônica, e um dia eu chego lá. Mas fazer 30 anos é mais que um rito de passagem, é um rito de iniciação, um ato realmente inaugural. Talvez haja quem faça 30 anos aos 25, outros aos 45, e alguns, nunca. Sei que tem gente que não fará jamais 30 anos. Não há como obrigá-los. Não sabem o que perdem os que não querem celebrar os 30 anos. Fazer 30 anos é coisa fina, é começar a provar do néctar dos deuses e descobrir que sabor tem a eternidade. O paladar, o tato, o olfato, a visão e todos os sentidos estão começando a tirar prazeres indizíveis das coisas. Fazer 30 anos, bem poderia dizer Clarice Lispector, é cair em área sagrada.

    Até os 30, me dizia um amigo, a gente vai emitindo promissórias. A partir daí é hora de começar a pagar. Mas também se poderia dizer: até essa idade fez-se o aprendizado básico. Cumpriu-se o longo ciclo escolar, que parecia interminável, já se foi do primário ao doutorado. A profissão já deve ter sido escolhida. Já se teve a primeira mesa de trabalho, escritório ou negócio. Já se casou a primeira vez, já se teve o primeiro filho. A vida já se inaugurou em fraldas, fotos, festas, viagens, todo tipo de viagens, até das drogas já retornou quem tinha que retornar.

Quando alguém faz 30 anos, não creiam que seja uma coisa fácil. Não é simplesmente, como num jogo de amarelinha, pular da casa dos 29 para a dos 30 saltitantemente. Fazer 30 anos é cair numa epifania. Fazer 30 anos é como ir à Europa pela primeira vez. Fazer 30 anos é como o mineiro vê pela primeira vez o mar.

Um dia eu fiz 30 anos. Estava ali no estrangeiro, estranho em toda a estranheza do ser, à beira-mar, na Califórnia. Era um homem e seus 30 anos. Mais que isto: um homem e seus 30 amos. Um homem e seus trinta corpos, como os anéis de um tronco, cheio de eus e nós, arborizado, arborizando, ao sol e a sós.

Na verdade, fazer 30 anos não é para qualquer um. Fazer 30 anos é, de repente, descobrir-se no tempo. Antes, vive-se no espaço. Viver no espaço é mais fácil e deslizante. É mais corporal e objetivo. Pode-se patinar e esquiar amplamente.

Mas fazer 30 anos é como sair do espaço e penetrar no tempo. E penetrar no tempo é mister de grande responsabilidade. É descobrir outra dimensão além dos dedos da mão. É como se algo mais denso se tivesse criado sob a couraça da casca. Algo, no entanto, mais tênue que uma membrana. Algo como um centro, às vezes móvel, é verdade, mas um centro de dor colorido. Algo mais que uma nebulosa, algo assim pulsante que se entreabrisse em sementes.

Aos 30 já se aprendeu os limites da ilha, já se sabe de onde sopram os tufões e, como o náufrago que se salva, é hora de se autocartografar. Já se sabe que um tempo em nós destila, que no tempo nos deslocamos, que no tempo a gente se dilui e se dilema. Fazer 30 anos é como uma pedra que já não precisa exibir preciosidade, porque já não cabe em preços. É como a ave que canta, não para se denunciar, senão para amanhecer. Fazer 30 anos é passar da reta à curva. Fazer 30 anos é passar da quantidade à qualidade. Fazer 30 anos é passar do espaço ao tempo. E quando se operam maravilhas como a um cego em Jericó. Fazer 30 anos é mais do que chegar ao primeiro grande patamar. É mais que poder olhar pra trás. Chegar aos 30 é hora de se abismar. Por isto é necessário ter asas, e sobre o abismo voar.

## COMO NAMORAM OS ANIMAIS

Namorar não é só uma coisa antiga na história humana, é também um ritual comum e diversificado entre os animais. Entre nós as coisas andaram mudando muito nesses vinte anos por causa da pílula. Mas entre os leões, patos e jacarés a cerimônia amorosa vem se repetindo sem transformações.
E o que encanta é ver como tanto entre os animais quanto entre os humanos o ritual é fundamental. Não há amor sem ritual. E cada amante, assim como cada espécie, tem lá seus trejeitos sedutores. O amor, tanto quanto a fome, humaniza os animais e zoomorfiza os homens. Não é à toa que Manuel Bandeira, naquele poema "Namorados", faz o rapaz dizer à moça: "Antônia, você parece uma lagarta listrada."
Os faisões, por exemplo, se entregam a uma curiosa coreografia. O macho começa a operação sedução limpando na floresta um espaço de três metros, varrendo-o de gravetos e pedras. Feito isto, abre suas plumagens radiosas e põe-se a cantar, lançando floresta adentro o seu convite amoroso. Às vezes uma fêmea aparece logo, outras, demora muito, mas ele fica ali, sonoramente esperando, até que ela surja. E mesmo depois que ela vem ainda tem que se desdobrar exibindo suas penas. Mas se o macho é preguiçoso e não limpa bem o terreno, a fêmea não aparece.
Já certo tipo de pombo começa seu aprendizado em grupo. Aí os machos ficam durante muito tempo competindo e se exibindo. Parecem guerreiros em preparação para as lutas amorosas. Depois de muitas

disputas entre eles é que aparecem as pombas que se põem a escolher o amado. Ficam ali passeando diante deles como se estivessem passando em revista a tropa, até que assinalam sua escolha dando uma bicada no pescoço do ungido. Mas é entre os corvos que acontece uma relação triangular cheia de dramas metafísicos e existencialistas. Porque se há carência de macho, as fêmeas ritualizam entre si o seu incontido amor. E se cortejam e se seduzem até que uma das fêmeas passa a exercer o papel masculino. E tanto é o amor, que a outra choca e bota ovos, que por serem estéreis não resultam. Mas não termina aí o romance. Se surge atrasadamente o macho e começa a namorar uma fêmea já em estado de acasalamento "homossexual", não conseguirá desligar as duas amadas. Terá que compor com elas um *ménage à trois*, tendo que cuidar das duas ninhadas. E o mais estranho, como diz Hy Freedman no livro *Les Fantasies sexuelles des animaux et les nôtre...*, a fêmea dominante tenderá a dominar também o macho, que aceita seu papel subalterno.

Quem leu poemas simbolistas como aquele do Júlio Salusse descrevendo o cisne que morre de amor quando o parceiro desaparece, ficaria mais emocionado ainda com a vocação monogâmica dos gansos. Primeiro porque eles se elegem mesmo quando imaturos sexualmente. E por mais que os sogros do jovem ganso o espantem de sua casa, ele inventa modos de seduzir e até de presentear a amada. E quando se casam não há quem os possa separar, nem gostam de intrusos. Se sofrem uma separação, ao se reencontrarem fazem tal alarde com bicos e penas, com beijos e danças, que se vai pensar que se separaram durante meses, quando isto foi apenas por poucas horas. O ganso viúvo fica muito mal na hierarquia do grupo. Por isto, alguns se casam novamente. Mas como os gansos vivem numa sociedade complexa, depois de uma grande perda amorosa podem experimentar também uma relação triangular. E aí, pela reprodução sucessiva, sobem na hierarquia social.

O beija-flor faz toda sorte de balé para atrair a fêmea, a borboleta desprende um forte odor e algumas tartarugas preferem amar no fundo das águas. Contudo, o caranguejo é uma espécie de Nijinsky realizando *pas de deux* com sua Márcia Haydée. Quando está a fim de amar, muda de cor e convida a parceira para uma dança que exibe suas presas, dançando em todos os ritmos. Quando os bailarinos estão bem excitados se acariciam com as patinhas. O macho, então, faz sua casa cavando um buraco na areia. A fêmea segue atrás dele pelo túnel do amor. Parecem desaparecer. Mas, de repente, ele desponta carregando uma bola de barro com a qual fecha a porta de seu ninho de amor, como a dizer, "enfim sós".

# CORDEL DA MULHER GAIEIRA E DO SEU CABRA MACHÃO

*Porque gado a gente marca,
tange, ferra, engorda e mata,
mas com gente é diferente.*
Vandré e Theo

Há notícias que se leem e parecem ficção. Achando que sua mulher o traía há um tempão, seu José Salustiano, plantador lá do sertão, depois de muito pensar, tomou uma decisão. Ia ensinar à mulher uma terrível lição, pra mostrar que cabra-macho não suporta traição. Mandou preparar um ferro, vermelho como um tição, com quatro letras gravadas na ponta do vermelhão. Na ponta do ferro havia quatro letras flamejando, letras de fogo e de fúria, queimando na escuridão. Só de ver aquelas letras — o MGSM — o rosto de dona Lúcia se retorce todo e treme, muito chora e toda geme e pede, com horror, perdão. Mas José Salustiano não lhe prestou atenção. Botou-lhe a faca no ventre, ameaçando matá-la, caso gritasse pros lados e rogasse salvação. Seu José Salustiano havia tudo pensado. Mandou pra longe seus filhos, passou na porta cadeado. Depois, com muito cuidado, amarrou sua mulher na sua cama de casado. Pegou o ferro queimando, marcou-lhe as letras na testa, marcou-lhe do rosto os lados, enquanto Lúcia ia urrando com aquelas letras de dor: Mulher Gaieira Só Matando.

Como se vê, Salustiano, essa frase que inventou é verso de pé quebrado. Não cabe bem no cordel, não cabe no coração, não cabe em nenhum papel, quanto mais no rosto sério da mulher com quem casou. Isso é coisa que se faça, meu caro Salustiano, sair marcando na cama a mulher com quem casou, como se fosse uma vaca, quan-

do no fundo ela era, apenas, Maria Lúcia, mulher de cabra danado, mulher de trabalhador. Meu caro Salustiano, você não só ferrou ela, você nessa se ferrou. Arregale seus ouvidos pras coisas que eu vou dizer. Eu não quero te espantar e nem menos convencer, quero apenas conversar, sem firulas de doutor, como um homem só conversa diante do próprio horror. Eu sei que é muito difícil, olhando a televisão, com tanta notícia fresca de violência de machão, fica difícil, eu dizia, governar sua emoção. Mas as coisas, seu José, já vão noutra direção. Mulher a gente não mata e nem dá mais bofetão, embora haja até ricos que caiam na tentação. O que vai ser de Maria depois dessa danação? Ela foi ao delegado e fez a reclamação. O médico, horrorizado, diz que é tão funda a inscrição, tão funda que até parece com cratera de vulcão. E acrescentou, todo pasmo, que não há cura possível nem se pode sobre o rosto colocar um remendão. E o pior é que Maria chora de noite e de dia, chora de dor no rosto e chora de humilhação. A vizinhança a incomoda, sua vida virou inferno, ela quer mudar pra longe, botar a cara no mundo, refazer nova habitação, embora seja difícil esquecer que seu marido marcou sua alma pra sempre e não há pele que possa refazer o coração.
 Maria Lúcia, eu lhe digo: vai ser longa a expiação. Mas eu penso que as mulheres, que viram seu rosto inchado, exposto em fogo e paixão, nessa hora humilhadas, todas se deram a mão. Que seu rosto, minha cara, não é rosto nordestino sem história e tradição. A marca que você mostra é a violência de hoje e a violência de antão. Lembra aquelas mulheres, a quem lhes cortam o clitóris, quando nascem no Sudão. Lembra as mulheres chinesas, que no lugar de sapatos, usavam fôrmas nos pés, atadas por duros laços, pra que seus pés não crescessem e pra que andassem sempre atrás dos homens dez passos.
 Mas você, Maria Lúcia, não pode ficar parada. Tem que seguir sua vida, mesmo estigmatizada. Ao se casar

com José, tendo o nome de Maria, você achou sua cruz. Mas quem sabe se essas letras, na sua cara deixadas, são o princípio da fala, que você tinha guardada e que agora à luz do dia pode ser anunciada? Mas se é fraca a sua voz e não está preparada, as mulheres do país e os homens que perceberam que esse tipo de violência está mais que ultrapassada, talvez te tomem por símbolo e no seu rosto se veja, em vez da mulher vencida, uma mulher cuja vida foi de novo inaugurada.

Maria Lúcia, eu lhe digo: em vez da noite e opressão, o vermelho no seu rosto tem a força da alvorada e pode ser o sinal de sua libertação.

## DESPIR UM CORPO A PRIMEIRA VEZ

Despir um corpo a primeira vez é um acontecimento entre dois deuses. Não se pode profanar o instante. E os amantes devem manter o ritmo dos altares. Porque, embora nesses rituais haja sempre panos e trajes para agradar o Olimpo, é para a nudez total que o céu nos quer arrebatar. As mãos têm que ter um compasso certo. Um *andante* ou *largo* de Bach nos gestos, compondo a alegria dos homens e mulheres. As mãos, sobretudo, não podem se apressar. Com os olhos têm que aprender e, com a ponta dos dedos, contemplar os acordes que irão surgindo quando, peça por peça, o corpo for se desvestindo ao pé do altar.

Antes de se tocar com as mãos e lábios, na verdade, já se tocou o corpo alheio com um distraído olhar sempre envolvente. E ninguém toca um corpo impunemente. Despir um corpo a primeira vez não pode ser coisa de poeta desatento colhendo futilmente a flor oferta num abundante canteiro de poesia. Nem pode ser coisa de um puro microscopista que olha as coisas sabiamente. Se tem que ser de sábio o olhar, que seja do botânico, porque esse sabe aflorar em cada espécie o que cada espécie tem de mais secreto ou distante, o que cada espécie sabe dar.

Despir um corpo a primeira vez é conhecer, pela primeira vez, uma cidade. E os corpos das cidades têm portas para abrir, jardins de repousar, torres e altitudes que excitam a visitação. Algumas cidades sitiadas caem ao som de trombetas, outras se entregam porque não mais suportam a sede e fome de amar. As cidades têm limites e resistência. E como o corpo querem alguém que as habite com intimidade solar. Gêngis Khan, Átila ou qualquer conquistador vulgar tem com as cidades e corpos uma estranha relação. O objetivo é a devassa e a dominação. Conquistada a cidade, a ordem é marchar. Por isto, cuidado para não se acercar do outro apenas com esse olhar guerreiro ou com esse olhar tolo de turista. O turista, embora procure os sabores típicos, é um voyeurista, que só quer fotografar. Mas há turistas e turistas, e o pior turista é aquele que olha sem olhar. É um perdido marinheiro que está preso em algum porto, que não se permite num outro corpo inteiramente desembarcar. Quando os corpos se tocam, por acaso, como se estivessem indo em direções diferentes, o que ocorre é desperdício. Não se pode tocar um corpo impunemente. E para se tocar um corpo completa e profundamente, num dado instante, os corpos têm que convergir. E convergir com uma luz diferente. A descoberta do outro é isso, é convergência.

Despir um corpo a primeira vez é como despir um presente. Por isto não se pode desembrulhá-lo assim às pressas, embora a gula nos precipite afoitos sobre a pele oferta. Não se pode com mãos infantis descompassadas ir rasgando invólucros, arrebentando cordões com gula que as crianças só têm nas confeitarias antes da indigestão.

Despir um corpo a primeira vez, para usar uma imagem conhecida, é mais que ir a primeira vez à Europa. Pode ser, ao contrário, desembarcar pela primeira vez na América sobre a nudez do desconhecido. É descobrir na pele alheia, mais que a pele dele, a nossa pele índia. E volto àquela imagem: despir um corpo a primeira vez é tão marcante quanto a vez primeira que um mineiro viu o mar.

Um corpo é surpresa sempre. E o que se vê nas praias, nessa pública ostentação, nesse exercício coletivo de nudez total negaceada, em nada tira a eufórica contenção do ato, quando os dedos vão desatando botões e beijos, e rompendo as presilhas das carícias. Despir um corpo a primeira vez não é coisa para amador. Só se o amador for amador da arte de amar. Porque o corpo do outro não pode ter a sensação de perda, mas a certeza de que algo nele se somou, que ele é um objeto luminoso que a outros deve iluminar.

Um corpo a primeira vez, no entanto, é frágil e pode trincar em alguma parte. E os menos resistentes se partem, quando aquele que os toca, os toca apenas com a cobiça e nunca com a generosa mansidão de quem veio pela primeira vez, e sempre, para amar.

# O SURGIMENTO DA BELEZA

O surgimento da beleza paralisa tudo. A respiração se modifica, os olhos se completam numa outra luz e o corpo inteiro se alça da pequenez do instante. E aquela mulher ali na praia, em pé dentro d'água, não pediu licença alguma, mas invadiu minha vida e a de quantos a contemplam em pura epifania e devoção. Paro de caminhar. Sou um contemplador do instante. Todos nos concentramos naquelas formas onde a harmonia se condensou em pernas, braços e cabelos ao vento. A beleza tem isto: quando irrompe, alicia a todos. E ali estamos conferindo nos olhos uns dos outros a mesma admiração. Estamos todos coniventes diante da beleza que surgiu no mar.
Mas a beleza, quando surge, mais do que imprevista, é impiedosa e exige dedicação. Se aquela mulher virasse para o seu público e dissesse: matem-se por amor de mim! todos nos atiraríamos na eternidade. Se dissesse: escalem o Himalaia! subiríamos voando como querubins.
Por isto, é muito perigoso o encontro com a beleza. A alguns ela devora docemente. A outros ela desarma totalmente e petrifica. Ela não pede nada, e, no entanto, parece o tempo todo ordenar. Deve ser por isto que os gregos queriam vinculá-la à Verdade e ao Bem. A beleza perversa seria o nosso fim.
Olhei um girassol no meu terraço outro dia no exato momento de sua maior glória. O que ele me oferecia naquele instante era de uma eternidade penetrante. Examinei-lhe a geometria luminosa, que nenhum Vasarely

jamais conseguiria reproduzir em seus painéis, apesar do computador. O girassol, tanto quanto eu, sabia que aquele era o seu instante de beleza aguda e se oferecia a mim extasiado em sua doçura, como só se extasia nele a perdida abelha.

 Há dias que saio pelas ruas e festas faminto de beleza. Abro livros procurando certas passagens, leio poemas que sei de cor, de novo ouço uma flauta, um oboé, procuro aquele movimento de cordas de um determinado concerto. Eu sei onde encontrar a beleza. Vivo com ela. Tenho seu endereço secreto e a frequento amiúde na montanha ou beira-mar.

 Um dia surpreendi-a numa pracinha medieval em Antibes, outro numa ruazinha barroca em Minas. Ela me foi servida em alguns museus, a reconheci em alguns objetos e se eu olhar bem firme nos olhos do semelhante, às vezes, a posso achar.

 Aquela mulher ali na praia, por exemplo, não sabe que iluminou meu dia para sempre. Ao seu lado está sua amiga. Seu corpo é correto, sadio e humano. Mas não passa de uma sombra junto ao Sol. Em vão agita os braços nas águas, fala alto. Não adianta. A bela mulher ao seu lado sequestrou para sempre a atenção de todos nós.

 É assim com o bailarino ou bailarina que irrompe em pleno palco. À passagem de seu corpo, os outros se obscurecem consentidamente. Há um pacto entre o belo e o menos belo. Um pacto entre o ser e o contemplar.

Mas a beleza não é só mulher. Ela é andrógina. Se assim não fosse, como explicar que também os homens se extasiassem ante outros homens? E há homens tão potentemente belos que podem submeter exércitos só com o olhar.

 Porém, se a beleza é assim tão urgente e relevante, por que nos aparece tão raramente? Se é assim tão necessária e pungente, por que é de natureza tão avara? Se dela carecemos tanto, por que nos deixa nesse exílio e incompletude?

A ausência da beleza é uma condenação. É um lapso. É a não história. Tudo que os homens fazem é por ela. Fazem excursões à Europa, vão à Grécia, constroem estradas, lançam passarelas entre as estrelas e inventaram a arte para apreendê-la. Tivéssemos que viver constantemente em contemplação do belo, no entanto, e ninguém trabalharia. Seríamos estátuas petrificadas na admiração. O mundo não careceria de mais nada. Viveríamos num orgasmo luminoso e contemplativo, e aqui se instalaria de vez a eternidade. A ausência da beleza é quando o tempo se inaugura. E o tempo é falha e ruptura. A ausência de beleza é o erro, o pecado. A beleza é alegria e o avesso do que é triste. A beleza é notícia de que Deus existe.

# CONSELHOS DURANTE UM TERREMOTO

A ruína nos dá lições de vida. Desabam prédios no centro da Cidade do México num estrondoso terremoto. Racham pias, os espelhos se partem, água escura irrompe das paredes e tudo começa a afundar. Na rua os carros balançam igual gelatina, começa uma chuva apocalíptica de vidros e depois tijolos, ferro e pó, até que a morte se esconda sob os escombros. Mas a todo instante nos chegam notícias de que bebês sobreviveram seis dias sob os destroços, casais resistiram amando sob os entulhos e outros, apesar de desabarem inteiramente com os edifícios, chegaram ao solo intatos.
Então é lícito pensar que, embora muitos pereçam, a ruína nos dá lições de vida. Pois desabam os casamentos, os negócios, a saúde e os regimes, mas não se sabe de onde nem por que milagre surgem forças, propiciando o resgate e nos livrando do total aniquilamento.
Todos já estivemos e estaremos em algum terremoto. Um terremoto é quando a paisagem nos trai. Um terremoto é quando se quebrou a solidariedade entre o seu ponto de vista e as coisas. Um terremoto não é só quando o caos demoniacamente toma conta do cosmos. Um terremoto, eu lhe digo o que é: é a hora da traição da natureza. Ou da traição também dos homens, se quiserem. Um terremoto, minha amiga, é quando como agora você está se separando. Você me diz de soslaio, como que saindo, querendo e não querendo conversar, você vai me dizendo que seu casamento está desmoronando. Você está embaixo da pele, com a voz meio sepultada lançando um grito

de socorro, e aqui com a equipe de salvamento lhe posso apenas lançar a frase: a ruína nos dá lições de vida.

Terremoto é a hora da traição do amigo, que invejoso concorre como inimigo e lança fel onde a amizade era mel, e envenena a rima de seus dias sendo Caim em vez de Abel.

Por isto, há que afixar conselhos sobre a hora do terremoto. Como nos abrigos antiatômicos, nas indústrias do perigo, há que adiantar as medidas a serem tomadas quando o terremoto vier. Daí o primeiro conselho em caso de tal tragédia: não entre em pânico acima do tolerável. Lembre que todo terremoto é passageiro. Porque este é o sortilégio dos terremotos: nenhum terremoto é permanente, embora muitos e tanta coisa nele pereçam para sempre. Mesmo os mais profundos e autênticos cataclismos não duram mais que pouquíssimos, embora diabólicos, minutos. Vai ser terrível, mas vai passar.

Outro conselho: embora rápido e fulminante, nada garante que ele não torne a se repetir. Há que estar atento também para o fato de que esse movimento de terra é interior e exterior. O que desabou por cima não é tudo. É sintoma apenas do que se moveu por baixo. Naqueles terremotos do México, depois do primeiro e do segundo, as agências noticiaram um outro, mas que foi apenas subterrâneo. Diziam: é a acomodação das camadas geológicas. Incômoda acomodação é essa. Mas um terremoto autêntico vem mesmo das profundas, e a superfície só vai acalmar quando as camadas geológicas lá dentro se ajeitarem de novo.

Sobretudo, depois do terremoto há que aprender com as ruínas. Porque os engenheiros que me perdoem, mas a ruína é fundamental. É a hora do retorno. E se vocês me permitissem discretamente citar Heidegger, com ele eu diria que a ruína só é negativa para aquele que não entende a necessidade da demolição. Pois a tarefa do homem é refazer-se a partir de suas ruínas. Temos mais é que catar os cacos do caos, catar os cacos da casa, catar os cacos do país. Depois da demolição das fraudes, desmontando a aparência do ontem, poderemos nos erguer na luminosidade do ser. Ruína, neste sentido, não é decadência. Ao contrário: é a hipótese de soerguimento. As ruínas do presente nos ensinam que um terremoto é quando não há mais o centro das coisas. E no México foi o centro, o centro do centro — a capital, que foi arrasada. Mas aprendendo com a ruína, ali já nos prometem o verde. Já tracejam planos de jardins onde crianças e flores povoarão o amanhã. Amigo, amiga: terremotos ocorrem sempre e muitos aí perecem. Mas a função do sobrevivente é sobreviver reconstruindo. A ruína, além da morte, nos dá lições de vida.

# FIZEMOS BEM EM RESISTIR

Fizeram muito mal em se matar os suicidas de 84. E muito mal também fizemos nós não os ajudando a chegar a 85. Foi um erro de impaciência deles, foi um erro de descaso nosso.
Deveríamos ter sustado o dedo no gatilho, o comprimido na boca e o carro enlouquecido nas estradas.
Deveríamos ter invadido a solidão desses suicidas aos gritos de: esperem! que o ano vai terminar e eu lhes garanto que 85 vai ser melhor.
Fizeram muito mal, alguns passageiros, em pegar certos aviões em 84.
Teria bastado uma desculpa qualquer, um resfriado, um esquecimento, um telefonema, e poderíamos desatar agora os cintos juntos na pista de 85.
Fizeram muito mal, certos pilotos, em levantar voo em 84.
Tinham que saber das nuvens e da chuva, das montanhas e falhas de certos aparelhos, precariamente humanos como as máquinas.
Fizeram muito mal em adoecer de morte os doentes de 84.
E mais mal ainda os médicos ao deixá-los fenecer. Tão mal quanto os pesquisadores que não liquidaram os vírus em seus laboratórios, desatentos da urgência que os vivos têm em escapar da morte.
Bastava uma panaceia qualquer. Ou, então, que inventassem algum artifício. Projetassem nas paredes de seus quartos aquele crepúsculo ou a alvorada que às vezes vejo da minha casa. Ou que tratassem os vírus e bactérias

com aquilo que merecem. Com música. Não há germe que resista ao *Concerto de Aranjuez,* à *Ária da quarta corda* de Bach, ao *Adágio* de Albinoni. E os mais resistentes e tristonhos darão de si o desespero e aceitarão a esperança, se algum maestro desencadear, de repente, o coral da alegria da *Nona* de Beethoven.

Eu sei que foi muito duro. E por isto vos entendo, ó suicidas, enfermos, desastrados e toda sorte de desanimados abatidos pelo destino. Reconheço que a armadilha foi lançada desde o princípio. Não só nas células, nas nuvens e nos sonhos. Até mesmo nos jornais. Mal já ia terminando 83 e os jornais faziam aquilo que não se faz. E as televisões deram força aos jornais, fazendo crer a todos que o 1984 de George Orwell ia, finalmente, nos abater. Assim entramos naquele janeiro ao som de clarins nefandos. Era a gênese do apocalipse. Nos esperava Armagedom, a destruição cósmica final.

Na verdade, fizeram muito mal em ler George Orwell os leitores em 84.

Mal fizeram em envelhecer, os velhos, em 84.

Era um ano para pular por cima, para adiar. As células podiam esperar. Porque em 85, vos garanto, ia ser, se não impossível, pelo menos mais doce envelhecer.

Fizeram mal em morrer os soldados em 84. Deveriam pressentir a bala, a granada, o morteiro, e nos ensinariam que 84 não passava de um tiro de festim.

Fizeram muito mal em sofrer e morrer no assalto os assaltados mortos de 84. Não tivessem saído aquela noite. Não tivessem reagido ou reagido certo. Fizeram muito mal em deixar os ladrões os encontrarem em 84.

Fizeram muito mal em morrer intoxicados os agricultores em 84. Tão mal quanto os peixes envenenados nos rios que babam morte e poluição.

Fizeram muito mal em se separar, os amantes, em 84. Não deveriam ter escrito aquela carta, dito aquilo ao telefone. Não deveriam ter testado assim o seu amor em 84. Mas se a separação não foi apenas momentânea, e sim definitiva, então bendito 84 e mais bendito 85, que novos amores virão amanhecer nas espumas da praia com Iemanjá.

E vós, futuros suicidas, desanimados vocacionais, casais estremecidos, firmas em pré-falência, povos que não suportais mais a ditadura, 85 vos saúda. Quem resistiu até aqui merece, enfim, a luz no fim do túnel. Fizemos muito bem em suportar 84. Em 85 seremos mais felizes, até que venha 86 a nos ensinar mais coisas e a de novo recomeçar.

# O SEGUNDO VERSO DA CANÇÃO

Passar 50 anos sem poder falar sua língua com alguém é um exílio agudo dentro do silêncio. Pois há 50 anos, Jensen, um dinamarquês, vivia ali nos pampas argentinos. Ali chegara bem jovem, e desde então nunca mais teve com quem falar dinamarquês. Claro que no princípio lhe mandavam revistas e jornais. Mas ninguém manda com assiduidade revistas e jornais para alguém durante 50 anos. Por causa disto, ali estava Jensen há inúmeros anos lendo e relendo o som silencioso e antigo de sua pátria. E como as folhas não falavam, punha-se a ler em voz alta, fingindo ouvir na própria voz a voz do outro, como se um bebê pudesse em solidão cantar para inventar a voz materna.

Cinquenta anos olhando as planuras dos pampas, acostumado já às carnes generosas dos churrascos conversados em espanhol, longe, muito longe do *smorgasboard* natal.

Um dia, um viajante de carro parou naquele lugarejo. Seu carro precisava de outros reparos além da gasolina. Conversa vai, conversa vem, no posto ficam sabendo que seu nome também era Jensen. Não só Jensen, mas um dinamarquês. E alguém lhe diz: aqui também temos um dinamarquês que se chama Jensen e aquele é o seu filho. O filho se aproxima e logo se interessa para levar o novo Jensen dinamarquês ao velho Jensen dinamarquês — pois não é todos os dias que dois dinamarqueses chamados Jensen se encontram nos pampas argentinos.

No caminho, o filho ia indagando sobre a Dinamarca, que seu pai dizia ser a terra prometida, onde as vacas davam 100 litros de leite por dia. Na casa, há 50 anos sem falar dinamarquês, estava o velho Jensen, ainda cercado de fotos, alguns objetos e uma abstrata lembrança de sua língua. Quando Jensen entrou na casa de Jensen e disse "bom dia" em dinamarquês, o rosto do outro Jensen saiu da neblina e ondulou alegrias. "É um compatriota!" E a uma palavra seguiam outras, todas em dinamarquês, e as frases corriam em dinamarquês, e o riso dinamarquês e a camaradagem dinamarquesa, tudo era um ritual desenterrando ao som da língua a sonoridade mítica da alma viking.

Jensen mandou preparar um jantar para Jensen. Vestiu-se da melhor roupa e assim os seus criados. Escolheu a melhor carne. E o jantar seguia em risos e alegrias iluminando 50 anos para trás. Jensen ouvia de Jensen sobre muitos conhecidos que morreram sem sua autorização, cidades que se modificaram sem seu consentimento, governos que vieram sem o seu beneplácito. Em poucas horas povoou sua mente de nomes de artistas, rostos de vizinhos, parques e canções. Tudo ia se descongelando no tempo ao som daquela língua familiar.

Mas havia um problema exatamente neste tópico das canções. Por isto, terminada a festa, depois dos vinhos e piadas, quando vem à alma a exilada vontade de cantar, Jensen chama Jensen num canto, como se fosse revelar algo grave e inadiável:

— Há cerca de 50 anos que estou tentando cantar uma canção e não consigo. Falta-me o segundo verso. Por favor (disse como se pedisse seu mais agudo socorro, como se implorasse: retira-me da borda do abismo), por favor, como era mesmo o segundo verso desta canção?

Sem o segundo verso nenhuma canção ou vida se completa. Sem o segundo verso a vida de um homem, dentro e fora dos pampas, é como uma escada onde falta um degrau, e o homem pára. É um piano onde falta uma tecla. E uma boca de incompleta dentição.

Se falta o segundo verso, é como se na linha de montagem faltasse uma peça e não houvesse produção. De repente, é como se faltasse ao engenheiro a pedra fundamental e se inviabilizasse toda a construção. Isto sabe muito bem quem andou 50 anos na ausência desse verso para cantar a canção.

    Jensen olhou Jensen e disse pausadamente o segundo verso faltante. E ao ouvi-lo, Jensen — o exilado — cantou de volta o poema inteiro preenchendo sonoramente 50 anos de solidão. Ao terminar, assentou-se num canto e batia os punhos sobre o joelho dizendo: "Que alegria! Que alegria!"

    Era agora um homem inteiro. Tinha, enfim, nos lábios toda a canção.

# ENCONTRO COM BANDEIRA

Eu tinha uns 17 anos. E Manuel Bandeira era, então, considerado o maior poeta do país. E com 17 anos é não só desculpável, mas aconselhável que as pessoas façam a catarse de seus sentimentos em forma de versos. Os reincidentes, é claro, continuam vida afora e podem pelos versos chegar à poesia.

Morando numa cidade do interior, eu olhava o Rio de Janeiro onde resplandecia a glória literária de alguns mitos daquela época. Então fiz como muito adolescente faz: juntei os meus versos, saí com eles debaixo do braço e fui mostrá-los a Bandeira e Drummond.

Toda vez que, hoje em dia, algum poeta iniciante me procura, me lembro do que se passou comigo em relação a Manuel Bandeira. Para alguns tenho narrado o fato como algo, talvez, pedagógico. Se todo autor quer ver sua obra lida e divulgada, o jovem tem uma ansiedade específica. Ele não dispõe de editoras, e, ainda ninguém, precisa do aval do outro para se entender. E espera que o outro lhe abra o caminho e reconheça seu talento.

Ser jovem é muito dificultoso.

O fato foi que meu irmão Carlos, no Rio, conseguiu um encontro nosso com Bandeira. E um dia desembarco nesta cidade pela primeira vez, pela primeira vez vendo o mar, pela primeira vez cara a cara com os poetões da época.

Encurtarei a estória. De repente, estou subindo num elevador ali na avenida Beira-Mar, onde morava Bandeira. Eu havia trazido um livro com centenas de poemas, que um amigo encadernou. Naquela época escrevia muito, trezentos e tantos poemas por ano. E não entendia por que Bandeira ou Drummond levavam cinco anos para publicar um livrinho com quarenta e tantos poeminhas. A necessidade de escrever era tal, que dormia com papel e lápis ao lado da cama ou, às vezes, com a própria máquina de escrever. Assim, quando a poesia baixava nos lençóis adolescentes, bastava pôr os braços para fora e registrar. E assim podia dormir aliviado.

Mas o poeta havia pedido aos intermediários que eu fizesse uma seleção dos textos. O que era justo. E Bandeira tinha sempre uma exigência: o estreante deveria trazer algum poema com rima e métrica, um soneto, por exemplo. Era uma maneira de ver se o candidato havia feito opção pelo verso livre por incompetência ou com conhecimento de causa.

Abriu-se a porta do apartamento. Eu nunca tinha estado em apartamento de escritor. A rigor não posso nem garantir se havia visto algum escritor de verdade assim tão perto. E não estava em condições emocionais de reparar em nada. Fingia uma tensa naturalidade mineira. O irmão mais velho ali ao lado para garantir.

A conversa foi curta. Tudo não deve ter passado de dez ou quinze minutos. Me lembro que Bandeira estava preparando um café ou chá e nos ofereceu. Havia uma outra pessoa, um vulto cinza por ali, com o qual conversava quando chegamos. Bandeira se levantava de vez em quando para pegar uma coisa ou outra. E tossia. Tossia, talvez já profissionalmente, como tuberculoso convicto.

Lá pelas tantas, ele disse: pode deixar aí os seus versos. Não precisa deixar todos, escolha os melhores. Vou ler. Se não forem bons, eu digo, hein?!

— Claro, é isso que eu quero — respondi juvenilmente, certo de que ele ia acabar gostando.

Voltei para Juiz de Fora. Acho que não esperava que o poeta respondesse. Um dia chega uma carta. Envelope fino, papel de seda, umas dez linhas. Começava assim: "Achei muito ruins os teus versos." A seguir citava uns três poemas melhores e os versos finais do "Poema aos poemas que ainda não foram escritos". Oh! gratificação! ele copiara com sua letra aqueles versos: "Saber que os poemas que ainda não foram escritos/ virão como o parente longínquo,/ como a noite/ e como a morte."

Não fiquei triste ou chocado com sua crítica sincera. Olhei as bananeiras do quintal vizinho com um certo suspiro esperançoso. Levantei-me, saí andando pela casa, com um ar de parvo feliz. Eu havia feito quatro versos que agradaram ao poeta grande.

A poesia, então, era possível.

DE O HOMEM QUE CONHECEU O AMOR

## ANTES QUE ELAS CRESÇAM

Há um período em que os pais vão ficando órfãos dos próprios filhos. É que as crianças crescem. Independentes de nós, como árvores tagarelas e pássaros estabanados, elas crescem sem pedir licença. Crescem como a inflação, independentemente do governo e da vontade popular. Entre os estupros dos preços, os disparos dos discursos e o assalto das estações, elas crescem com uma estridência alegre e, às vezes, com alardeada arrogância.
Mas não crescem todos os dias, de igual maneira; crescem, de repente. Um dia se assentam perto de você no terraço e dizem uma frase de tal maturidade, que você sente que não pode mais trocar as fraldas daquela criatura.
Onde é que andou crescendo aquela danadinha, que você não percebia? Cadê aquele cheirinho de leite sobre a pele? Cadê a pazinha de brincar na areia, as festinhas de aniversário com palhaços, amiguinhos e o primeiro uniforme do maternal ou escola experimental?
Ela está crescendo num ritual de obediência orgânica e desobediência civil. E você agora está ali na porta da discoteca esperando que ela não apenas cresça, mas apareça. Ali estão muitos pais, ao volante, esperando que saiam esfuziantes sobre patins, cabelos soltos sobre as ancas. Essas são as nossas filhas, em pleno cio, lindas potrancas.
Entre hambúrgueres e refrigerantes nas esquinas, lá estão elas, com o uniforme de sua geração: incômodas mochilas da moda nos ombros ou, então, com a suéter amarrada na cintura. Está quente, a gente diz que vão estragar a suéter, mas não tem jeito, é o emblema da geração.

Pois ali estamos, depois do primeiro ou segundo casamento, com essa barba de jovem executivo ou intelectual em ascensão, as mães, às vezes, já com a primeira plástica e o casamento recomposto. Essas são as filhas que conseguimos gerar apesar dos golpes dos ventos, das colheitas das notícias e das ditaduras das horas. E elas crescem, meio amestradas, vendo como redigimos nossas teses e nos doutoramos nos nossos erros.

Há um período em que os pais vão ficando órfãos dos próprios filhos.

Longe já vai o momento em que o primeiro mênstruo foi recebido como um impacto de rosas vermelhas. Não mais as colheremos nas portas das discotecas e festas, quando surgiam entre gírias e canções. Passou o tempo do balé, da cultura francesa e inglesa. Saíram do banco de trás e passaram para o volante das próprias vidas. Só nos resta dizer "bonne route, bonne route" como naquela canção francesa narrando a emoção do pai quando a filha lhe oferece o primeiro jantar no apartamento dela.

Deveríamos ter ido mais vezes à cama delas ao anoitecer para ouvir sua alma respirando conversas e confidências entre os lençóis da infância e os adolescentes cobertores naquele quarto cheio de colagens, pôsteres e agendas coloridas de piloto. Não, não as levamos suficientes vezes ao maldito drive-in, ao Tablado para ver *Pluft,* não lhes demos suficientes hambúrgueres e cocas, não lhes compramos todos os sorvetes e roupas merecidas.

Elas cresceram sem que esgotássemos nelas todo nosso afeto.

No princípio subiam a serra ou iam à casa de praia entre embrulhos, comidas, engarrafamentos, natais, páscoas, piscinas e amiguinhas. Sim, havia as brigas dentro do carro, disputa pela janela, pedidos de sorvetes e sanduíches, cantorias infantis. Depois chegou a idade em que subir para a casa de campo com os pais começou a ser um esforço, um sofrimento, pois era impossível largar a turma aqui na praia e os primeiros namorados.

Esse exílio dos pais, esse divórcio dos filhos, vai durar sete anos bíblicos. Agora é hora dos pais nas montanhas terem a solidão que queriam, mas, de repente, exalarem contagiosa saudade daquelas pestes. O jeito é esperar. Qualquer hora podem nos dar netos. O neto é a hora do carinho ocioso e estocado, não exercido nos próprios filhos, e que não pode morrer conosco. Por isto os avós são tão desmesurados e distribuem tão incontrolável afeição. Os netos são a última oportunidade de reeditar o nosso afeto.

Por isto é necessário fazer alguma coisa a mais, antes que elas cresçam.

## ARTE E FUGA DA ESPERA

— O que espera a pessoa que espera? Olho aquela ali na praia, na esquina, no aeroporto, no bar. Irrequieta. Espera o quê? Seu pescoço volta e meia faz meia-volta como um farol que não ilumina nada. Tão somente, circularmente espera. Viciosa e ansiosamente espera.
 A pessoa que espera, não aguarda apenas que o outro chegue. Fantasia que com o outro e a sua forma, com o outro e a sua voz, chegará o que ela desde sempre espera. Esperar assim, é esperar perdidamente.
 Quem espera, mas está seguro que o outro vem, na verdade, não espera. Vive plenamente seu tempo fluindo como o rio, aguarda a confluência com outro, certo de que hão de se misturar as águas, peixes, terras e emoções no mesmo orgasmo no mar.
 A verdadeira espera é diferente. A pessoa que espera, mais que as outras, está exposta na vitrina de seus gestos. Está voltada para fora, perdeu seu centro, precisa de uma visão que a complemente, está sofridamente frágil, está sem pele com a carne viva ao vento.
 O tempo não passa. Ou pior, transpassa, por dentro, rasgando em aviltamentos.
 A pessoa que espera está coagulada no instante.
 O que espera é estátua. Pulsante.
 Esperar é tarefa pesada demais para os mortais.
 Os deuses, sim, têm tempo para desperdiçar. Quem se faz esperar, brinca de Deus. Demoniacamente.
 E na espera, há um momento, em que acontece algo surpreendente. Algo se erige no vazio. De tanto querer

ver e encontrar, de tanto querer ouvir e tocar, começa-se a vislumbrar o outro nos corpos alheios. De repente, começa-se a alucinar. Uma nuca, um certo modo de prender ou soltar os cabelos é presença do ausente. O que espera, desesperadamente tira de dentro de si mesmo o outro faltante como um ectoplasma. Há qualquer coisa de espelho, de espelho vazio nessa espera angustiante. O esperador contumaz sabe seu ritual. Já abatido, exaurido, primeiro segrega algumas desculpas pelo outro: certamente aconteceu algo imprevisto, atrasou-se um pouco, é natural. E vai se dando tempo, inventando razões, criando etapas, prazos novos, falsos limites: espero só mais um pouco, não é possível, ele vai ver quando chegar. Súbito passa a agredir o outro imaginariamente, se eriça todo, começa a depreciá-lo, mas é a si mesmo que agride, é para dentro que sangra. E se o outro chegasse, pobre do que espera! num átimo se recomporia todo e iria lamber seus pés.

Quem já ficou plantado numa calçada ou se postou noites inteiras diante de uma porta ou janela, ficou uma eternidade roendo as unhas na mesa do bar ou com as asas murchas na pista de um aeroporto, sabe do que falo.

Há pessoas que esperarão a vida inteira. Há pessoas que farão os outros esperarem a vida inteira. Na verdade, existe um secreto pacto entre o que se faz esperar e o que espera, como há entre o rejeitador e o rejeitado, entre o sádico e o masoquista. É um jogo de cão e gato. E quando o rejeitador farcja no ar a sua vítima, começa o ritual. O esperador vocacional, por sua vez, cai direitinho na armadilha. Conhece as etapas do jogo e mal encontra o outro, vai logo tomando o caminho das esquinas, se postando diante das portas e janelas, rondando os bares e aeroportos. O rejeitado olha mais que qualquer outro para o telefone. Não apenas olha, ouve sua chamada nenhuma.

Quem espera é um fio tenso, que a qualquer hora vai se partir. Entre o seu corpo e o mundo, há um vácuo triste e denso. Há qualquer coisa do condenado com a cabeça exposta no patíbulo, cuja guilhotina, no entanto, não vem.

E se nos aproximarmos do lugar onde por uma eternidade esteve aquele que esperou, veremos não apenas marcas sobre o chão, papéis e tocos de cigarros. Ali estão outros destroços. Pedaços, fragmentos de um corpo, restos de sentimentos deixados por aquele que inutilmente esperou. Ali perdeu-se algo. Ali a vida de alguém coagulou.

## DA MINHA JANELA VEJO

Da minha janela os vejo. São três. Encostados no tapume da favela e sentados na escada da subida do morro conversam. Um tem um revólver na mão. São magros. Escuros. Vestem um calção, o tronco nu exposto aos trópicos. Faz um calor estupendo e há um zumbido de sexo, cerveja e ondas no azul do ar. Da minha janela os vejo. Os três agora se ajeitaram no degrau de terra defronte ao lixo na ribanceira. Aquele que tem nas mãos uma arma, limpa-a com uma flanela. A arma não ameaça os demais. Há uma cumplicidade entre esses três homens, como se fossem executivos em torno de uma mesa. E o que brinca com a arma não parece apenas um menino com seu carrinho, mas um relojoeiro lidando com algo preciso e precioso. Ele a faz girar no dedo como naqueles filmes de caubói que ele viu, que eu vi, que todos vimos. E ele roda o revólver como o relojoeiro dá corda ao tempo. Roda. Para. Roda como nos filmes. E, de novo, com a flanela, limpa a arma, como alguém lava e limpa seu carro no fim de semana.
    Da minha janela os vejo: dois policiais a cinquenta metros, lá embaixo. Deram um passo para cá, outro para lá, e agora se encostaram na parede, ociosos. Lá de baixo não podem ver o que de minha janela repetidamente vejo. A rigor, nem olham para a favela, que teriam que ver, mas não veem. Enquanto isto, o que limpa a arma atrás do madeirame os vê, e está tão cioso e seguro como se cuidasse de sua horta ou cozinhasse um pão para entregar de madrugada.

Da minha janela vejo outros personagens na cena. Subindo vagarosamente pela escada lá vem um ou outro favelado. Um para, olha o que está armado, mas continua em frente como se tivesse visto, digamos, uma árvore. Como se tivesse visto alguém cuidando do jantar. Como se tivesse visto, enfim, um homem com um revólver na favela. Sem espanto. Sem constrangimento.

Mas vejo algo mais. Lá vem uma criança voltando azul e branca do colégio. Vem morosa ao sol, subindo calmamente, e agora para diante dos três homens de calção e dorso nu. Diz qualquer coisa ao que brinca com a arma como quem pede a bênção ao tio ou saúda o porteiro do prédio. Olha a arma como quem vê um fruto amadurecendo. Como quem olha um instrumento de trabalho de um adulto. Com o mesmo pasmo do filho olhando os objetos no escritório do pai engenheiro.

Os dois policiais, contudo, continuam conversando ali na esquina. Falam talvez da escala de serviço, da folga na próxima semana, e acabam de olhar as pernas de uma portentosa mulata que passou. Olham mais: olham para o lado e veem um carro de onde uma luminosa loura com sua malha de látex de ginástica salta na direção da academia em frente. E eles a inspecionam com os olhos como a um ser inatingível de outra galáxia.

Da minha janela me dou conta que somos um triângulo. Eu aqui do alto contemplando de um ângulo os homens seminus e sua alma. Num outro ângulo, igualmente agudo, os policiais tranquilos, que também têm uma arma na cintura. Somos um triângulo visual, um triângulo social, real, pervertido. E a ansiedade se aloja apenas no ângulo de meus olhos desarmados.

Mas por que tanto limpa a arma o caubói do asfalto? Será que a terá usado há pouco? Será que ainda está quente do tiro que abateu o turista alemão?

Olho o rapaz de calção e sua arma, como quem olha uma força da natureza, uma árvore. Uma árvore carnívora. Amanhã, ou hoje à noite, ele vai sair com sua arma como quem sai armado dos dentes do próprio cão. Talvez me encontre num sinal de trânsito ou numa rua escura e me abra a cabeça com a bala de sua fúria. Não terei tempo de explicar-lhe minha intimidade com ele e sua arma. Nem que planos tinha para a vida.

No dia seguinte os dois policiais estarão ali conversando. Ele estará no seu posto, limpando de novo os dentes do revólver, ou, como agora, enrolará a arma na camisa e sumirá entre os casebres para repartir seu ódio e cerveja com os amigos ou seu amor com uma mulher, onde descarregará a arma de seu sexo.

Mas quando isto se der, eu, você ou aquele que tiver sido assassinado não estará mais aqui nem terá mais olhos para ver.

# O MAR, A PRIMEIRA VEZ

Minha amiga me pergunta: por que você fala sempre nas coisas que acontecem a primeira vez e, sobretudo, as compara com a primeira vez que você viu o mar? Me lembro dessa cena: um adolescente chegando ao Rio, e o irmão o prevenindo: "Amanhã vou te apresentar o mar." Isto soava assim: amanhã vou te levar ao outro lado do mundo, amanhã te ofereço a Lua. Amanhã você já não será o mesmo homem.

E a cena continuou: resguardado pelo irmão mais velho, que se assentou no banco do calçadão, o adolescente, ousado e indefeso, caminha na areia para o primeiro encontro com o mar. Ele não pisava na areia. Era um oásis a caminhar. Ele não estava mais em Minas, mas andava num campo de tulipas na Holanda. O mar a primeira vez não é um rito que deixe um homem impune. Algo nele vai-se aprofundar.

E o irmão lá atrás, respeitoso, era a sentinela, o sacerdote que deixa o iniciante no limiar do sagrado, sabendo que dali para a frente o outro terá que, sozinho, enfrentar o dragão. E o dragão lá vinha soltando pelas narinas as ondas verdes de verão. E o pequeno cavaleiro, destemido e intimidado, tomou de uma espada ou pedaço de pau qualquer para enfrentar a hidra que ondeava mil cabeças, e convertendo a arma em caneta ou lápis começou a escrever na areia um texto que não terminará jamais. Que é assim o ato de escrever: mais que um modo de se postar diante do mar, é uma forma de domar as vagas do presente convertendo-o num cristal passado.

Não, não enchi a garrafinha de água salgada para mostrar aos vizinhos tímidos retidos nas montanhas, e fiz mal, porque muitos morreram sem jamais terem visto o mar que eu lhes trazia. Mas levei as conchas, é verdade, que na mesa interior marulhavam lembranças de um luminoso encontro de amor com o mar.

Certa vez um missionário branco pregava a negros africanos, e ao convertê-los dizendo que Cristo havia morrido por eles há dois mil anos, ouviu do chefe da tribo a seguinte recriminação: então, ele morreu há dois mil anos e só agora o senhor vem nos contar? É a mesma coisa com o mar, encontrá-lo assim numa tarde como numa tarde se encontra o amor, é pensar: como pude viver até hoje sem esse amor, como pude viver na ausência do mar?

Certa vez, adolescente ainda nas montanhas, li uma crônica onde um leitor de Goiás pedia à cronista que lhe explicasse, enfim, o que era o mar. Fiquei perplexo. Não sabia que o mar fosse algo que se explicasse. Nem me lembro da descrição. Me lembro apenas da pergunta. Evidentemente eu não estava pronto para a resposta. A resposta era o mar. E o mar eu conheci, quando pela primeira vez aprendi que a vida não é a arte de responder, mas a possibilidade de perguntar.

Os cariocas vão achar estranho, mas eu devo lhes revelar: o carioca, com esse modo natural de ir à praia, desvaloriza o mar. Ele vai ao mar com a sem-cerimônia que o mineiro vai ao quintal. E o mar é mais que horta e quintal. É quando atrás do verde-azul do instante o desejo se alucina num cardume de flores no jardim. O mar é isso: é quando os vagalhões da noite se arrebentam na aurora do sim.

Ver o mar a primeira vez, lhes digo, é quando Guimarães Rosa pela vez primeira, por nós, viu o sertão. Olhar o mar, a primeira vez, foi aquele dia em que Daniel entrou na jaula dos leões e eles lhe lamberam os pés. Ver o mar a primeira vez é quase abrir o primeiro consultório, fazer a primeira operação. Ver o mar a primeira vez é comprar pela primeira vez uma casa nas montanhas: que surpresas ondearão entre a lareira e a mesa de vinhos e queijos! Ver o mar a primeira vez é assistir ao parto do primeiro filho, quando a mulher se abre em ondas e gemidos de amor e vida.

O mar é o mestre da primeira vez e não para de ondear suas lições. Nenhuma onda é a mesma onda. Nenhum peixe, o mesmo peixe. Nenhuma tarde, a mesma tarde. O mar é um morrer sucessivo e um viver permanente. Ele se desfolha em ondas e não para de brotar. A contemplá-lo ao mesmo tempo sou jovem e envelheço. O mar é recomeço.

# QUANDO OS AMANTES DORMEM

*Aussi longtemps que tu voudras.*
*Nous dormirons ensemble.*
Aragon

Quando as pessoas se amam ou querem se amar, selam um pacto: dormir juntas. E quando se fala "dormir junto" o sentido é duplo: significa primeiro amar acordado em plena vigília da carne, mas, depois, na lassidão do pós-gozo, deixar os corpos lado a lado, à deriva, dormindo, talvez.
Na verdade, os amantes, quando são amantes mesmo, mesmo enquanto dormem se amam.
Agora ouço esses versos de Aragon cantados por Ferrat: "Durante o tempo que você quiser./ Nós dormiremos juntos." E penso. É um projeto de vida, dormir juntos, continuadamente. A mesma ambiguidade: dormir/amar juntos, dormir/acordar juntos, ou, então, dormir/morrer de amor juntos.
Deve ser por causa disto que os franceses chamam o orgasmo de "pequena morte". Deve ser por isto que os amantes julgam poder continuar amando mesmo através da morte, como Inês de Castro e D. Pedro, que foram sepultados um diante do outro, para que no dia do reencontro um seja o primeiro que o outro veja.
Amor: um projeto de vida, um projeto de morte.
Se numa noite dessas o vento da insônia soprar em suas frestas, repare no corpo dormindo despojado ao seu lado. Ver o outro dormir é negócio de muita responsabilidade. Mais que ver as águas de um rio represado gerando uma usina de sonhos, é ver uma semente na noite pedindo um guardião.

Pode ser banal, mas é isto: amar é ser o guardião do sonho alheio.

Os surrealistas diziam: o poeta enquanto dorme, trabalha. Pois os amantes, enquanto dormem, se amam. Se amam inconscientemente, quando seus desejos enlaçam raízes e seivas. O pé de um toca o pé do outro, a mão espalmada corre sobre o lençol e toca o corpo alheio e, dormindo, se abraçam aninhados.

Quando isto ocorre, pode ter vários significados. Talvez um tenha lançado um apelo silencioso ao outro: "ajude-me a atravessar esse sonho", ou: "venha, sonhe esse sonho comigo, é bonito demais." E o outro, às vezes, sem se mexer, parte em seu socorro. É que certos sonhos, sobretudo os de quem ama, não cabem num só corpo. Transbordam os poros da noite e pedem cumplicidade. E se há um pesadelo, aí um se agarra ao tronco do outro na crispação do instante, e o corpo do parceiro é boia na escuridão.

Por isto, no ritual do casamento, quando o sacerdote indaga se os que se amam sabem que terão que se socorrer na saúde e na doença, na opulência e na miséria etc., deveria se inserir um tópico a mais e advertir: amar é ser cúmplice do sonho alheio.

Passar a metade da vida dormindo ao lado do outro. Há pessoas que vivem 25 anos — bodas de prata, 50 anos — bodas de ouro, 75 anos — bodas de diamante ao lado do outro, e não sabem com que o outro sonha. E há quem passe uma tarde, uma noite ou temporada ao lado de um corpo e sabe seus sonhos para sempre.

Engana-se quem escuta o silêncio no quarto dos que amam. Estranhos rumores percorrem o sonho alheio. Não é o rugir do tigre pelas brenhas. Não é o bater das ondas na enseada. Nem os pássaros perfurando a madrugada. São os sonhos dos amantes em plena elaboração. E se numa noite dessas o vento da insônia de novo soprar em suas frestas, olhe pela janela os muitos apartamentos onde pulsam dormindo os amorosos. Quando se compra um apartamento novo, nas alturas, alguns compram lunetas e ficam vasculhando a vida alheia. Mas para ouvir o ruído dos sonhos basta abrir os ouvidos na escuridão. Os sonhos pulsam na madrugada. Era uma vez um chinês que toda vez que sonhava com sua amada acordava perfumado. Deve ser por isto que, ainda hoje, o quarto dos amantes amanhece com um perfume de almíscar, lavanda e alfazema. E é comum achar troféus dos sonhos ao pé da cama de quem ama. Quando se abre a pálpebra do dia aí pode-se ver um unicórnio de ouro e uma coroa de rubis.

À noite os sonhos dos amantes se cristalizam e de dia se liquefazem em beijo e lágrimas. Quem ama, diz boa-noite como quem abre/fecha a porta de um jardim. Não apenas como quem viaja, mas como quem vai para a colheita.

Quando se ama, acontece de um habitar o sonho do outro, e fecundá-lo.

# VIVER O VERÃO

O verão me dá uma pena infinita dos que já morreram. É uma indelicadeza usurpar a alguém o direito ao verão. Sobretudo porque o verão é a nossa única e possível primavera. Pois o que no Brasil se chama de primavera, outono e inverno são substantivos abstratos. Verão é verbo de ação. Verão é a nossa única estação explícita. As outras são tímidas intimidadas, mal definidas, aculturadas. Brasileiro sem verão é um trapo, uma nesga de gente. Encontrei alguns na Alemanha. E como eram nordestinos, era mais pungente o sofrimento. Era olhar para suas peles pálidas e chorar. Era ouvir suas vozes plangendo por luz e carne de sol, e sofrer. Há cinco meses não viam sol, ou melhor o Sol maiúsculo, propriedade tropical particular, carteira de identidade, parte do corpo, luminosa montaria a cavalgar.

O que de pior fizeram com os guerrilheiros dos anos 70, foi bani-los do Sol, cassá-los das praias. Muitos, se tivessem pensado duas vezes nisto, desistiriam. Suportariam tudo: tortura, choques, mas falta de sol é que não. Teria, aliás, bastado ao governo uma advertência nesse sentido nos jornais, e não teria sido necessário gastar tanto dinheiro com o aparelho repressor. Tanto assim é que quando voltaram, começaram a reconquistar o país pelas praias. Conquistada a praia (conforme a tradição lusa) o resto estaria demarcado.

Poderia defender uma tese de semiologia na Sorbonne: "Por que o verão é a mais democrática das estações". As classes sociais aí se misturam num borbulhar de cer-

vejas e canções deitando na mesma areia das emoções e se socializam nas avenidas carnavalizando as mais rígidas hierarquias.
Já o inverno é estação para aristocratas. Por isto os pobres não resistem e morrem. Inverno só dá certo em países capitalistas e imperiais.
E como eu estava tentando dizer desde o princípio, o que me desanima de morrer um dia, é o verão. Nele tudo é expansão: dos corpos noutros corpos, dos corpos nas paisagens. Certas cidades, países e pessoas são irresistíveis, só no verão.
Já no inverno é mais aceitável morrer. As coisas vão perdendo naturalmente seu ritmo, as pessoas vão se recolhendo das ruas, internando-se nos cômodos e roupas, se instalando nas fotografias. Se a morte de um golpe vem, é quase imperceptível, a gente já estava ali mesmo aspirando à eternidade. No inverno morre-se sempre um pouco. Mesmo que não se queira. Imperceptivelmente. Caem folhas, secam-se galhos e peles. No inverno, morre-se mais discretamente.
Por isto é um escândalo morrer no verão. Mesmo assim alguns dos mais notáveis deixam para morrer durante o carnaval dos equinócios.
Uma vez na Irlanda, onde eu fora para ver a torre de James Joyce, o colégio de James Joyce, a Dublin de James Joyce, vi numa praça centenas de pessoas tirando camisas, meias, blusas, calças, por um instante de sol na pele. Alguns subiam ao telhado de suas casas. Se fossem até a praia chegariam tarde ao verão. É igual aquela piada, autogozativa, alemã: a mulher no Brasil ia passar o verão na Alemanha ao encontro do marido, mas perdeu o avião, telefonou para explicar que iria amanhã e o marido respondeu que pena, porque o verão acabou de passar.
Verão sem água não é verão. Verão tem que ter mar. O mar: saída (ou entrada) no verde-azul da paixão.

Passei muitos anos sem verão. Atrás dessas montanhas, no interior, o verão se chama apenas "calorão": eta calorão danado... Dize-me quantos verões vivestes e eu te direi quem és. Conta-se a vida de uma árvore pelos nós nos troncos, a dos pássaros pela muda das penas. Neste país, a vida litorânea se conta pelos verões vividos. Lembram-se daquele filme sobre surfistas que iam de praia em praia em busca do interminável verão? Uma após outra as praias ondeavam na imensidão. O tempo abolido, a vida a pino, na crista do instante, em floração. Aos que vão viver, o verão.

# O JOGADOR E SUA BOLA

A bola não é um mero artefato de couro. É um ser alado, de ouro, ave sagrada, que rompe as traves da gaiola, isto quando não é uma flor que ao abrir-se em gols nos mostra a luz de sua corola. A bola difere do diamante. Não tem arestas. E, no entanto, arisca, risca a pele em ritmo de festa. Não tem arestas, porque é polida, não pela mão, mas pelo pé do ourives, caso se chame Zico ou Pelé.
Se na Espanha a bola fosse um touro, no gol, um toureiro faria da rede a capa ou estola. Mas, sendo no Brasil, ela é samba que o sambista cantarola, é toque na cuíca e caçarola e a bandeira que o passista na avenida desenrola.
O jogador não é só mestre. É um aluno, que carrega consigo a escola. E para ele o mundo é a bola. E sendo a bola seu coração, ele sabe a lição de cor, não cola.
O jogador é um ator. Ele joga, encena a paixão no estádio, tornando público o seu caso de amor com a bola. Mas pode ser dramático ou histrião. Neste caso, o "ser ou não ser" é um chavão.
A bola é um raio que, quando cai no gol, vira trovão de bombas, gritos e alaridos da multidão.
A bola também tem sua contradição: pede que a persigam e ri da perseguição.
O bom jogador é como o cantor: não sabe mais o limite entre sua voz e a canção.
Ao mau jogador a bola parece um cáctus roliço, um porco-espinho que a canela ou a alma esfola. Ataca como

um pivete que quando passa não se consegue pegar pelo pescoço ou gola.
A bola é como o tigre no zoológico da grama. E o jogador é o domador do fero instante sem usar chicote ou chama.
Mais que amante que no campo da cama nos traz o corpo sempre inaugural, o jogador é a cartomante e sua bola de cristal, jogando com o nosso ser, a nos trazer o bem e o mal.
Se a bola é bala, o corpo do jogador é a pistola, e, quando atira furioso, o adversário cai e sai de padiola.
A bola é bela? A bola é a fera que nos abala e desespera? Ou a bola é como a bula, ambígua, veneno e remédio, que nos mata e consola, mulher fatal que nos ama e desola?
Não, a bola não é a Lua, pálida quimera. Mais que a solitária esfera, a bola é um cometa, que de quatro em quatro anos nos assola.
Pensamos olhar a bola, mas a bola com seu olho é que nos olha.
A bola é como a Terra: redonda e humana. É como o homem: cheia de ar, pura arrogância. A bola é nossa errância.
A bola não é coisa de adulto. É o que sobrou da infância.
Se o campo é um labirinto de pernas, a bola é um fio de novelo que desenrola. Nos foi dado por Ariadne, contra o Minotauro e a degola.
O jogador é um prestidigitador, que na última hora ante a torcida aflita tira um gol de sua cartola.
Também é um ilusionista, coisa de artista de circo, que faz da bola argola, causando no estádio espanto e sobre a cabeça do atleta a bola se faz auréola fazendo do homem um santo.
O jogador, enfim, é um escritor. Ele joga com o instante e a glória. Tem os pés no chão e a cabeça nas nuvens, para cabecear a história.
O jogador é um poeta. E como poeta, um fingidor. E joga tão perfeitamente que nos faz pensar que é poesia, o que é jogo simplesmente.

# A INVEJA

*O invejoso adoece diante do regozijo do outro. Só se sente bem com a miséria alheia. Todo esforço para satisfazer um invejoso é infrutífero.*

Melanie Klein

Motivos os mais variados têm me levado a examinar mais de perto o fenômeno da inveja. Um amigo, por exemplo, me conta que trouxe do interior um colega de infância, abriu-lhe a casa e a família, arranjou-lhe lugar na própria firma, e tudo ia bem, quando daí a anos notou que o outro estava fraudando a empresa e tentando arruiná-la. Chamou-o para uma conversa, e o outro fez-lhe revelação dolorosa: sentia-se "sufocado" pela generosidade do outro, tentou ser como ele, "imitá-lo". Não conseguindo, resolveu destruí-lo.

É patético. Lembra aquela estorinha bem antiga do homem que achou uma serpente na neve, ficou penalizado, abrigou-a no peito e, quando a serpente se reanimou, picou seu benfeitor. Lembro-me de uma estória policial na minha infância: uma velhinha foi assassinada por dois homens que ela acolhia há dez anos, cedendo-lhes um quarto no quintal da casa. Na polícia os assassinos não conseguiam explicar seu crime.

Esses assassinos, aquela serpente e o amigo fraudulento não sabem, mas estão explicados num ensaio de Melanie Klein: *Inveja e gratidão*. Nunca havia pensado na relação entre os dois sentimentos. E ela existe.

Para Melanie Klein a criança tem, em relação ao seio materno, uma sensação de amor, realização e gratificação, ou um sentimento de ódio, inveja e destruição. Existe um componente oral e anal sádico na inveja. Para outros, como Karl Abraham, o invejoso é um indivíduo com problemas mal resolvidos na fase anal de sua formação. Seja como for, é melhor ir acompanhando a sabedoria popular e pôr uma cabeça de alho sobre a mesa de trabalho, andar com ramo de arruda na orelha, porque a inveja e o mau-olhado podem matar.

Lembram-se daquela peça e filme *Amadeus*? O texto de Peter Shaffer retrata clinicamente a inveja de Salieri, o esforçado professor de música, diante da genialidade criadora de Mozart. A inveja era tanta que ele tentou envenenar o compositor. Sua inveja o envenenava tanto que resolveu injetar veneno na vida de seu modelo e ídolo. Dizem que essa teria sido uma das causas da morte de Mozart. O fato é que na peça/filme, já velho, Salieri tenta o suicídio. À primeira vista, ele teria tentado se matar por remorso. Não é só isto. Como a inveja é uma construção neurótica, o desaparecimento do objeto da inveja não resolve o problema. O invejoso pode trocar de objeto de inveja ou introjetá-lo de tal modo, como Salieri, que a única maneira de matá-lo definitivamente é matar-se a si mesmo, pensando que assim ficará livre do outro, que na verdade é uma invenção dele.

Carlos Byington tem uma original interpretação de *Amadeus,* na qual estuda a inveja de uma forma mais ampla. Para ele a inveja não é necessariamente ruim. É um sentimento que deve ser vivenciado por todos. Faz parte dos mecanismos de estruturação do ego. Mas há um limite entre a inveja normal e a inveja patológica. Nesta, o invejoso é um animal predador, vive no lado negativo do ser: na *sombra*. O invejoso, ao invés de agir positivamente tomando o outro como elemento estruturante do que os junguianos chamam *self,* parte para a destruição.

É complicadíssima a cabeça do invejoso patológico. Dizem os especialistas (confirmando as três estorinhas iniciais), que o invejoso não suporta a generosidade. Agora vejam que problema para o generoso. Como entender que fazer o bem faz mal? E mais: o invejoso carrega *an-*

siedade *persecutória*. Vive inventando que o estão perseguindo, tentando segurá-lo, boicotá-lo. E uma de suas especialidades é o cochicho, as meias-palavras à sombra. Raramente vem à luz. Não suporta o confronto, só de viés. Exemplo das tortuosidades da cabeça do invejoso: "Parece que uma consequência da inveja excessiva é uma originária sensação de culpa. Se a culpa prematura é experimentada por um ego ainda incapaz de suportá-la, a culpa é vivida como perseguição, e o objeto que desperta a culpa é tido como um perseguidor."
Curiosamente, Melanie Klein dedica alguns parágrafos de seu estudo sobre a inveja ao que chama de "crítica destrutiva". Refere-se especificamente à literatura. Cita Chaucer, que fala do pecado da inveja literária e transcreve os versos de Spencer, nos quais o criticador invejoso surge como o que difama e cospe veneno de sua boca leprosa sobre o que o outro escreve.
Isso me lembra quando Jorge Amado publicou nos anos 50 *Gabriela, cravo e canela*. Um Salieri desses publicou num jornal de São Paulo um artigo que começava assim: "Eu não sou crítico literário. Mas, em compensação, Jorge Amado também não é romancista." Não é uma maravilha? Aquele que não era nada, queria nadificar também o outro.
Melanie Klein se refere ainda à crítica literária que dialoga e ajuda a obra do outro a se desenvolver. Guimarães Rosa também fala disto, do crítico que ajuda o autor a escrever sua obra.
O invejoso fica possesso que o invejado não o inveje. O invejado tem o que ao invejoso falta: a paz, a sanidade mental e a capacidade de produzir criativamente.
Claro que, além disto, um dentinho de alho, um raminho de arruda e um talismã também ajudam.

# DESAPARECENDO A LIÇÃO

"Há uma idade em que se ensina o que se sabe, mas em seguida vem outra idade em que se ensina o que não se sabe." Esta frase de Roland Barthes é instigante. Desmistifica a prática usual do ensino. Por isto, ele continua seu pensamento afirmando que é preciso "desaprender", "deixar trabalhar o imprevisível" até que surja a chamada "sapiência", uma sensação de "nenhum poder, um pouco de saber", mas com "o maior sabor possível".

E num seminário em Paris praticando a errância do saber, propôs aos alunos que o encontro na classe não tivesse tema predeterminado. O desejo inconsciente do saber é que deveria aflorar o tema. Ali os alunos deveriam não apenas desejar saber, mas saber desejar. Desejar o saber é uma primeira etapa, mas saber desejar é refinada atitude. Entre um e outro vai a distância do canibal ao *gourmet*.

Como derivação das colocações de Barthes se poderia dizer. O professor pensa ensinar o que sabe, o que recolheu dos livros e da vida. Mas o aluno aprende do professor não necessariamente o que o outro quer ensinar, mas aquilo que quer aprender. Assim o aluno pode aprender o avesso ou o diferente do que o professor ensinou. Ou aquilo que o mestre nem sabe que ensinou, mas o aluno reteve. O professor, por isto, ensina também o que não quer, algo de que não se dá conta e passa silenciosamente pelos gestos e paredes da sala.

É, aliás, a mesma história que se dá com o texto. O autor se propõe a dizer uma coisa, mas o leitor constrói sua leitura segundo suas carências e iluminações. Por isto se equivocou Jacques Denida ao dizer que o texto escrito segue livre sem paternidade, enquanto o discurso oral é tutelado pelo orador. O orador também não controla seu discurso, pelo simples fato de estar presente. A palavra ao ser pronunciada já não nos pertence. O orador é falado pelo seu discurso. Fala-se o que se pensa que se sabe, ouve-se o que se pensa que foi pronunciado. O sentido é construído a muitas vozes e ouvidos, harmonicamente. Tinha razão o polifônico Sócrates: "A verdade não está com os homens, mas entre os homens."

Repitamos a frase de Barthes: "Há uma idade em que se ensina o que se sabe, mas em seguida vem outra idade em que se ensina o que não se sabe." E adicionemos o seguinte raciocínio: em geral pensa-se que o professor é aquele que "fala", que preenche com seu encachoeirado discurso uma aula de 50 minutos ou um seminário de três horas. Este é um conceito de ensino como uma atividade "oracular" da parte do mestre, que se complementa numa passividade "auricular" da parte do aluno. Contudo, assim como o espaço em branco é importante no poema, assim como a pausa organiza a música, o saber pode brotar do silêncio. O jorro contínuo de palavras pode ostentar apenas ansiedade. O conhecimento pode se instalar no entreato. O silêncio também fala. É isto que se aprende durante as ditaduras. E, por outro lado, durante as democracias se aprende que o discurso nem sempre diz.

Portanto, à audácia de desaprender o aprendido, soma-se a astúcia do silêncio. No princípio era o Verbo. A construção do silêncio exige muitas palavras. O escritor, por exemplo, constrói uma casa de palavras para ouvir seu silêncio interior.

Comecei falando em Barthes. E aquela frase inicial dele remete não só para a questão do "saber" e do "sabor", mas do "saber" e do "poder". Na verdade, enriquece-se o saber combatendo-se o poder que ele aparenta. E uma forma de incrementar o poder é o "perder". Assim o melhor professor seria aquele que não detém o poder nem o saber, mas que está disposto a perder o poder, para fazer emergir o saber múltiplo. Nesse caso, perder é uma forma de ganhar, e o saber é recomeçar.

E para terminar, nada melhor que uma frase de outro desconstrutor de verdades, que é Guimarães Rosa: "Mestre não é quem ensina, mas aquele que, de repente, aprende."

## O AMOR IMPRONUNCIÁVEL

Ela passou 50 anos sem poder pronunciar o nome amado. O nome ali, exigindo sua boca, seu corpo, soprando carícias em sua pele e ela trancada. Proibida de dizer o nome dele.
Havia uma razão, alegavam: ele era casado. E para se extirpar uma paixão não bastariam as proibições de encontro. Era necessário apagar o nome de sua boca. Definitivamente. Porque, como nos mitos, o nome é a coisa. Dizer certos nomes mágicos é ter poder. Dizer "abre-te Sésamo" é permitir-se tudo na gruta dos desejos.
E ela era uma adolescente. Uma adolescente de 17 anos, e desde os 17, por 50 anos, proibida de dizer o nome amado. Mesmo depois que ele morreu.
Algumas religiões proíbem roupas, corte de cabelos, obrigam ao uso de véus.
A essa mulher lhe proibiram o nome que mais amava.
Algumas religiões proíbem pronunciar o nome do demo, do satanás, do capeta, do cão tinhoso. A essa mulher proibiram um nome como no paraíso se proibia o fruto da vida.
Não dizer o nome amado bem poderia ter sido um morrer aos poucos. Um adiar a vida. Um secar-se junto à fonte. Fonte fechada. Sede lacrada. Gritante.
Mas o nome não morria. Não só não morria, como sobreviveu ao amado quando este tragicamente foi assassinado. Deste modo, aquele peito de mulher, que deveria ser a sepultura de um nome, era um jardim. Contido. Florescendo para dentro. A despeito do tempo.

Quando vinham conferir sua boca, parecia vazia. Curada, pensavam. O nome não estava ao alcance de olhos espiões. O nome aprendeu a guardar-se dentro de sua guardiã.

Onde é que estava o nome quando aparentemente não estava? Habitava o interior do interior. Deitava raízes no futuro.

Ser guardiã de um nome é dar-se pesada missão. Olhava as notícias no jornal: cidades desapareciam sob o bombardeio, outras eram arrasadas por enchentes. As cidades, infiéis-volúveis, mudavam de nome. Dentro dela, contudo, o nome persistia. Pulsante. Viajante. Mergulhado. Como Jonas na barriga da baleia.

Caíam presidentes.

Caíam em desgraça artistas malsinados.

Trocavam placas de nomes de ruas.

Mas o nome do amado resistia.

Alguns amantes esqueciam suas amadas. Casamentos desabavam no entardecer. Mas o nome impronunciável resistia.

Trens se precipitavam das pontes, aviões explodiam, incendiavam-se arquivos, homens tempestuosos mudavam de ideologia, mas o nome persistia.

Persistia como aquela semente de trigo que encontraram no interior de uma pirâmide egípcia depois de quatro mil anos. Estava viva. Querendo brotar. E brotou quando lhe deram terra.

Na verdade, aquela mulher desafiava com uma só palavra todo um universo mais do que doméstico. Era como se tivesse uma secreta superioridade, e dizendo: eu tenho um nome, também dissesse: isto me basta.

Estranha situação. Dia após dia ela olhava o mundo. Segura. Possuía um nome inteiro, intato dentro do peito.

Um nome ou mensagem como certos mensageiros em meio ao tiroteio da guerra, que atravessam o campo minado, porque têm também um nome nos dentes.

Um dia, morreu o carcereiro. O carcereiro do nome alheio. E não era um carcereiro como podeis pensar, mas um suave aprisionador, que se julgava amoroso de sua vítima, a qual pensava proteger do veneno mortal. de um nome.

Coisa jubilosa então se desencadeou.

Quem estava exangue, exaurida, extenuada, despossuída, deprimida, despaisada, deslembrada, desvitalizada, desnomeada, despertou, desvelou, descerrou os sete véus num amanhecer de emoções.

O nome reprimido emergia preenchendo a boca da amada com uma totalidade só a ele permitida. O impronunciável no carvão da treva transformou-se em diamante. Voltando à luz, o nome se arborizava em flor e fruto. Vinha intato. E acrescido, talvez. Mais espesso e poderoso que nunca.

Cintilava no céu da boca como um cometa retorna do fundo do universo.

Esse nome era como uma supernova: uma estrela que explodiu há 180 mil anos (ou há 50 anos, tanto faz) e, no entanto, continuava a fulgurar no céu da boca.

Ah, força do nome! *Fiat lux.* Essa mulher, 50 anos depois, chega à janela do seu ser e pronuncia O Nome. E o dia se ilumina ao som do nome amado.

# A CARNE VIVA

*— Hypocrite lecteur, — mon semblabe, — mon frère!*
Baudelaire

Hipocritamente durmo na madrugada enquanto bois são abatidos nos frigoríficos da manhã. Durmo hipocritamente sem ver o sangue que escorre pelas calhas da noite e começam a subir, ondeando, pelos pés de minha cama. Durmo sem ver o olhar do boi no matadouro. O olhar. O berro. A morte. Tapo os ouvidos, mas os grunhidos dos porcos rasgam o pelo da noite. O sangue espirra do curral da madrugada e homens ávidos vão desenrolando as tripas da fera, que estrebucha, para convertê-las em linguiça, que hipócrita e porcamente me serão servidas.

Uma vez contaram-me como se matam gansos na França. Os bois, a gente pode pensar, levam aquela pancada súbita na cabeça e desmontam sua carcaça no ladrilho. Mas os gansos são cevados, como não se cevam os frangos. Os frangos sabem que vão morrer nos campos de concentração vigiados pela SS dos frigoríficos. Mas os gansos conhecem o martirológio dos santos e penitentes.

Começam a engordá-los. Ou, pior: cevá-los forçadamente. Os frangos, sabemos, são alimentados também artificiosamente; deixam aquelas luzes acesas noite e dia, e eles comendo, bicando, comendo, bicando os segundos, bicando os minutos numa engorda rápida e lucrosa.

Mas os gansos são agarrados à força. E então começa-se, por um funil, a socar para dentro deles a ração. Um funil ou moedor para que a comida já vá direto para dentro, chegue mais rapidamente ao fígado, que em forma de patê colocarei em minha mesa no fim de semana na casa de campo. Mas não é sobre gansos que estou escrevendo especificamente, e sim sobre a carne que para mim se prepara na escuridão hipócrita de minha fome.

    Na infância de todo mundo (pelo menos no interior e antigamente) havia sempre uma galinha que alguém começou a matar na cozinha. E foi se cortar o pescoço dela, tendo as asas presas sob os pés contra o ladrilho, e, de repente, ela se soltou. Se soltou e saiu com o pescoço pendurado jogando sangue pelas paredes até fanar-se no degrau para o quintal.

    Há quem vá aos restaurantes especializados em peixes, porque quer ver o peixe vivo, o peixe que vai escolher no aquário. E aponta-se com o dedo, "quero aquele ali", e se senta à mesa, enquanto na cozinha jogam lagostas vivas na água fervente e champanha espuma sua indiferença na taça dos reis.

    Carne deveria dar em árvore.

    Mas um dia me mostraram uma árvore que sangra. Meu caseiro espetava-lhe um prego, arame ou qualquer instrumento torturante, e lá vinha aquela gota vermelha.

    Um dia passei sob ela. Suas folhas choravam vermelho sobre mim. Não era chuva radioativa, eram lágrimas de uma árvore em carne viva.

    E não faz muito descobriram que os vegetais também são seres humanos. Já ouviram tomate chorar e laranjas terem vertigem quando colheram uma ao seu lado para a lâmina da morte.

    Carne e legumes deveriam cair como maná do céu. Aquele maná misterioso que choveu sobre o povo perdido no deserto. Pelo menos era assim que antigamente se pensava: a vida alheia era para nos alimentar. Naturalmente. Não hipocritamente, como hoje.

    Contudo, a esta hora os açougues na França estão exibindo dependurados em suas portas peludos javalis, aves de penas enormes e coloridas, como se tivessem saído de um quadro de natureza-morta dessangrando nosso zoológico sadismo.

E a esta hora estão no Brasil pegando leitõezinhos que, assados, ainda ganham sobre o nariz uma rodela de laranja e aqui e ali azeitonas e outros adereços. E quando postos sobre a mesa nos olham, tão sorridentes e cínicos como nós.

Se mexermos na sopeira com certa convicção pernas de galinha virão boiando, num cemitério aquático de dar água no céu da boca dos mais místicos. Os mais sedentos, é claro, poderão beber o sangue do frango ao molho pardo, já que não basta o sangue condensado nos chouriços.

Hipocritamente me assento numa churrascaria. Bebo um chope junto com a caipirinha e peço voluptuosamente uma picanha. Por que não um churrasco completo? Sim, aceito. E lá vêm os cadáveres eufóricos correndo para meu prato: tomo a faca, empunho o garfo como um guerreiro tártaro. E como. E como. E rumino. E mastigo. E gosto. O sangue da vítima vai se misturando ao meu civilizadamente. Barbaramente.

O pior antropófago é o que tem remorsos de sobremesa. Eu. E você. Meu hipócrita leitor, meu semelhante, meu irmão.

# ENVELHECER: COM MEL OU FEL?

Conheço algumas pessoas que estão envelhecendo mal. Desconfortavelmente. Com uma infelicidade crua na alma. Estão ficando velhas, mas não estão ficando sábias. Um rancor cobre-lhes a pele, a escrita e o gesto. São críticos azedos do mundo. Em vez de críticos, aliás, estão ficando cítricos sem nenhuma doçura nas palavras. Estão amargos. Com fel nos olhos.

E alguns desses, no entanto, teriam tudo para ser o contrário: aparentemente tiveram sucesso em suas atividades. Maior até do que mereciam. Portanto, a gente pensa: o que querem? Por que essa bílis ao telefone e nos bares? Por que esse resmungo pelos cantos e esse sarcasmo público que se pensa humor?

Isto está errado. Errado, não porque esteja simplesmente errado, mas porque tais pessoas vivem numa infelicidade abstrusa. E, ademais, deveria se envelhecer maciamente. Nunca aos solavancos. Nunca aos trancos e barrancos. Nunca como alguém caindo num abismo e se agarrando nos galhos e pedras, olhando em pânico para o buraco enquanto despenca. Jamais, também, como quem está se afogando, se asfixiando ou morrendo numa câmara de gás.

Envelhecer deveria ser como plainar. Como quem não sofre mais (tanto) com os inevitáveis atritos. Assim como a nave que sai do desgaste da atmosfera e vai entrando noutro astral, e vai silente, e vai gastando nenhum quase combustível, flutuando como uma caravela no mar ou uma cápsula no cosmos.

Os elefantes, por exemplo, envelhecem bem. E olha que é uma tarefa enorme. Não se queixam do peso dos anos, nem da ruga do tempo, e, quando percebem a hora da morte, caminham pausadamente para um certo e mesmo lugar — o cemitério dos elefantes, e aí morrem, completamente, com a grandeza existencial só aos grandes permitida.

Os vinhos envelhecem melhor ainda. Ficam ali nos limites de sua garrafa, na espessura de seu sabor, na adega do prazer. E vão envelhecendo e ganhando vida, envelhecendo e sendo amados, e, porque velhos, desejados. Os vinhos envelhecem densamente. E dão prazer.

O problema da velhice também se dá com certos instrumentos. Não me refiro aos que enferrujam pelos cantos, mas a um envelhecimento atuante como o da faca. Nela o corte diário dos dias a vai consumindo. E, no entanto, ela continua afiadíssima, encaixando-se nas mãos da cozinheira como nenhuma faca nova.

Vai ver, a natureza deveria ter feito os homens envelhecerem de modo diferente. Como as facas, digamos, por desgaste, sim, mas nunca desgastante. Seria a suave solução: a gente devia ir se gastando, se gastando, se gastando até desaparecer sem dor, como quem, caminhando contra o vento, de repente, se evaporasse. E aí iam perguntar: cadê fulano? E alguém diria: gastou-se, foi vivendo, vivendo e acabou. Acabou, é claro, sem nenhum gemido ou resmungo.

Isto seria muito diferente de ir envelhecendo por um processo de humilhações sucessivas, como essa coisa de ir deixando rins, pulmão, dentes e intestinos pelas mesas de cirurgia, numa mutiladora dispersão.

Acho que o que atrapalha alguns maus envelhecedores é a desmesurada projeção que fizeram de si mesmos. Se dimensionaram equivocadamente. Deveria ser proibido, por algum mecanismo biológico, colocarmos metas acima de nossas forças. Seria a única solução para acabar de vez com a fábula da raposa e as uvas. Assim a raposa não envelheceria resmungando por não ter devorado o que não lhe pertencia. Deveria, portanto, haver um *relais,* que desligasse nossos impulsos toda vez que quiséssemos saltar obstáculos para os quais não temos músculos. Assim, sofreríamos menos e não amargaríamos não ter tido certas mulheres, conquistado certos reinos, escrito certas obras-primas.

A literatura tem lá seus personagens símbolos a esse respeito: o *Fausto* e o *Dorian Gray.* Apavorados com a velhice e a morte, venderam a alma ao diabo e pediram a juventude de volta. Não deu certo. O diabo não joga para perder. Dizem que a única vez que foi realmente derrotado foi naquela disputa com o próprio Deus a respeito de Jó. Mesmo assim, deu um trabalho danado.

Especialistas vão dizer que envelhece mal o indivíduo que não realizou suas pulsões eróticas essenciais; aquele que deixou coagulada ou oculta uma grande parte de seus desejos. Isso é verdade. Parcial, porém. Pois não se sabe por que estranhos caminhos de sublimação, há pessoas que, embora roxas de levar tanta pancada na vida, têm, contudo, um arco-íris na alma.

Bilac dizia que a gente deveria aprender a envelhecer com as velhas árvores. Walt Whitman tem um poema onde vai dizendo: "Penso que podia ir viver com os animais, que são tão plácidos e bastam-se a si mesmos."

Ainda agora tirei os olhos do papel e olhei a natureza em torno. Nunca vi o Sol se queixar no entardecer. Nem a Lua chorar quando amanhece.

## QUANDO OS CABELOS EMBRANQUECEM

Uma ternura me vem ao contemplar o rosto de alguns amigos: é que eles estão com os cabelos brancos. Neles, com eles e por eles também embranqueço fraternalmente. Outro dia ia cruzando o campus da universidade e olhei, passando, um colega que não via há algum tempo. E ele estava ostensivamente com os cabelos prateados. Foi uma constatação súbita, como se ele tivesse embranquecido a alma da noite para o dia. Como só acontece aos santos após uma noite de luta com o demônio e a uma geração após a patética luta contra as forças satânicas da história.
Na verdade, não foi a primeira vez que os cabelos brancos de alguém caíram os meus olhos. Uma vez encontrei um amigo na praia. Mas aí foi diferente. Havia milênios que não o via. Entre nós meteram uma ditadura, exílios, torturas, fugas pelas fronteiras. E eu o vi caminhando pela praia e era ainda um belo homem, como nos tempos de colégio em que todas as colegas eram apaixonadas por ele.
Seus cabelos brancos evidentemente eram meus. Ele, o meu relógio no tempo, meu espelho, meu duplo. Ele era eu no amanhã de ontem.
Essa coisa da gente se olhar no espelho todos os dias impede a percepção do avanço do tempo. Pelo menos nos homens, mais desatentos. As mulheres, não, elas têm tal intimidade com os desvãos do espelho que aí descobrem mais atentamente os agravos mais sutis do tempo sobre a pele.

Por isto é necessário para o homem o espelho do outro, que pode ser, às vezes, uma tela, uma televisão. Me lembra ter voltado aos Estados Unidos uma vez e ao ligar a TV verificar que Walter Cronkite — o *anchorman* do noticiário da CBS — estava com bigodes e cabelos totalmente brancos. Meu Deus! — pensei — o que as notícias das guerras e as perplexidades do cotidiano fizeram com esse homem. E a mesma coisa constatei ao ver o Johnny Carson com aqueles cabelos brancos que se usa nos anúncios de uísque. Não adiantou a ele rir e fazer rir durante mais de trinta anos, todas as noites. Embranqueceu televisamente.

(Aqui pouca gente se dá conta que o Cid Moreira e o Léo Batista não nasceram de cabelos alvos e alabastrinos. É que vê-los sempre na TV dilui e acromatiza a pancada do tempo.)

Já pensei se o que chamam de *vista cansada* não é um sábio artifício da natureza para suavizar o choque da percepção do tempo sobre a pele dos dias. Graças a isso os casais envelhecem maciamente e com pouco atrito. Pois um não vê as mínimas modificações ocorridas na superfície do outro. E é estranho que a gente comece a ver esmaecidamente o rosto das coisas que estão perto exatamente quando a experiência começa a nos ensinar a ver melhor as coisas de longe.

Lá vai um homem no seu carro, oito ou nove horas da manhã, gravata, colarinho, elegância, uma idade qualquer em torno dos cinquenta, indeterminada, mas anunciada pela alvura dos cabelos. É desse tipo que a publicidade lança mão quando quer passar a sensação de confiabilidade e segurança.

Cabelos brancos: ideia também de serenidade enfim alcançada. Enganoso sinal de que o desejo enfim encontrou seus canais de repouso. O que é uma ilusão, porque o desejo não embranquece necessariamente com a monocromia dos anos. Às vezes recrudesce, ainda que aparentemente mais sábio.

Considero algumas das mais notáveis cabeleiras brancas do país. Enumerá-las quem há de? Façam enquetes e perguntem: o que lhes ensinaram os cabelos alabastrinos? Quem ou que provocou-lhes essa opalina metamorfose na cabeça? Amigos, eu vos peço: não pinteis vossos cabelos. Senão o que será do meu passado? Preciso de vossos cabelos brancos para me julgar quase sábio.

Outro dia, prelibando o insidioso inverno, me vi numa reunião de amigos, onde vinhos e queijos congregavam nossos risos e falas, e, naturalmente, as recordações. Olhava os ginasianos de ontem e os respeitáveis senhores de hoje. Esse construiu uma bela casa. Aquele é diplomata carimbando sua alma nos aeroportos do mundo. Esse outro assessora o governo e o desgoverno pelos gabinetes da tarde. Aquele foi para a academia militar a fim de salvar o país. Nós, sem farda, também íamos salvar o país. Entrementes, os cabelos embranqueceram e o país não se salvou.

Em torno da comida, a lareira crepitando ao lado, é como se fôssemos soldados de Alexandre ou qualquer general mitológico depois de uma batalha. Muitos são os cabelos brancos em nossa alma por onde passaram mulheres, ditaduras, filhos e demais ansiedades domésticas e internacionais. E ternamente considerando os amigos que envelhecem, um verso de Homero se insinua em minha taça: "Que idade tinhas tu, meu querido amigo, quando vieram os persas?"

# PERTO E LONGE DO POETA

Conheci Drummond aos 18 anos, ali no seu gabinete no Ministério da Educação. Havia lhe enviado uma cartinha interiorana e alguns poemas, e agora subia o elevador para vê-lo de perto. Naquele tempo, Manuel Bandeira é que era o mais celebrado poeta do país. Drummond mesmo o louvava em prosa e verso. E eu, achando-me destemido e justiceiro, na conversa comuniquei ao poeta que eu o achava melhor e mais importante que Bandeira. Era uma maneira adolescente e estouvada de declarar amor. Fui taxativo. E estava certo. Ele sorriu desconversando porque nunca soube o que fazer quando lhe mostravam o afeto à flor da pele.
    Do que se falou ali durante uns 40 minutos não me lembro muito. Estava tão encantado de poder ouvi-lo, que me lembro vagamente de algumas frases e sugestões. E o fato é que a partir daí julguei-me com permissão para incomodá-lo. Discretamente. De quando em quando. O mínimo possível. Praticando aquilo que ele recomendava — um distanciamento e uma proximidade relativos.
    Isto explica uma cena quase absurda acontecida entre nós. Uma cena só justificável entre dois mineiros e entre um mestre e um discípulo, que tem também suas crises de timidez.
    Uma outra feita, vinha eu de Minas. E lá ia em direção ao seu gabinete. Vir ao Rio e visitar certos escritores era um ritual. Um ritual que só pode fazer quem mora no interior, pois quem vive aqui não tem tempo para isto. Então, lá ia eu para o MEC. Desci ali no centro, caminhei

sob as colunas do prédio de Niemeyer, passei pelos azulejos de Portinari e fui na direção do elevador.

Não havia ninguém na fila. Eu sozinho. Chegou o elevador, entrei. Quando estou lá no fundo do elevador, vejo vir a figura do poeta. Também sozinho. Vem e entra naquela angustiante caixa de madeira. Mas ele vinha como sempre vinha: com os olhos no chão, cabisbaixo, meditativo, voltado para suas montanhas interiores. Vinha com o seu terno, seus óculos, sua gravata, sua mitologia, mas olhando para o chão.

E ali estamos os dois. Em silêncio total. Eu, um adolescente acuado num ângulo do elevador, como se ele o poeta — fosse o domador. De sua parte, ele é que estava acuado no ângulo oposto; e olhando para o chão de si mesmo sabia que do outro lado havia uma presença humana qualquer.

E o elevador subia. Subia e nenhum dos dois denunciava a presença do outro.

Ele com o olho fixo no chão. E eu pensando: não me viu. Ou melhor (como mineiro, julgando): ele não me reconheceu, não quer me ver, meu Deus, que é que eu vim fazer aqui? O homem está ocupado e eu subindo para chateá-lo.

E o elevador subia. Não parava em nenhum andar. Não aparecia nenhum passageiro para nos socorrer. Se entrasse alguém talvez ele levantasse o olho do chão, quem sabe me reconheceria. Mas não entrava ninguém. E o elevador subindo.

A mim parecia que o prédio do MEC tinha ficado da altura do Empire State Building, em Nova York. Mas eis senão quando a porta se abre e o elevador chega ao andar em que o poeta trabalhava.

Que fazer? Saio junto com ele? Vou andando por "acaso" no corredor e o encontro por "acaso"? Espero que ele chegue à sua sala e depois apareço lá como que por encanto — "Oh, que surpresa! Há quanto tempo..."

Resultado: o elevador parou. O poeta saiu. Eu fiquei, fiquei com o elevador subindo outra vez até o fim, até onde pode subir uma pessoa confusa e equivocada. Subi e desci. Desci sem dirigir uma só palavra ao poeta que fora visitar. Tomei o ônibus para Minas sem falar com ele. Aconteceu só essa vez? Não. Muitas outras. Uma vez ficamos vendo livros, uns 15 minutos, na vitrina da Leonardo da Vinci, sem nos olharmos e nos cumprimentarmos. A mesma síndrome. O mesmo respeito. E olha que nessa altura eu já era um homem viajado, já havia morado no exterior, visitado sua casa, levado para a minha o seu arquivo e escrito minha tese sobre ele.

Mas não tinha jeito. De repente, dava aquele respeito e não mexia um dedo. Ele construía uma tal atmosfera de individualidade, que às vezes era impenetrável. No entanto, outra vez nos encontramos na rua, e como eu vinha sofrendo como um cão danado do mal de amor, me fez enormes confidências sobre sua juventude amorosa... Outra vez apareceu em casa com um presente, me assustando e encantando a mim e a Marina.

Era um homem imprevisto. Respeitava e se fazia respeitar, até mesmo pelos seus poucos inimigos. Agora se foi. Ele que vivia com aquele ar de quem estava mal alojado e sempre se despedindo.

Na verdade, Drummond não morreu. Apenas nos deixou a sós com os seus textos. Textos com os quais temos uma intimidade total, que nada pode inibir.

# A ROUPA DO DESEJO E O DESEJO DA ROUPA

Olho aquela mulher ali dentro da butique escolhendo uma roupa. Sua mão desliza pelo tecido num gesto de carícia e prospecção. Seus dedos estão atentíssimos, capazes de detectar sons e cores de um desejo em movimento. Seus olhos dialogam com o pano não apenas como o hortigranjeiro separa habilmente suas frutas e legumes ou como, na bateia, o minerador procura o diamante, mas como o médico apalpa o corpo conhecendo-lhe a tessitura interior. Ela se destaca da multidão aflita e estabanada que se atropela nas liquidações. Ela se dá todo o tempo do mundo. Há uma sensualidade fugidia e tão contagiante nas mãos e olhos dessa mulher escolhendo sua roupa, que eu diria estar presenciando uma cena de amor. Ela transformou a tão banal e cotidiana escolha da roupa na hora solene da complementação. Agora, por exemplo, retirou uma roupa do cabide, suavemente. Trouxe-a junto ao corpo. Abraça-a como se fosse dançar com seu próprio eu, conferindo no espelho se os ombros coincidem com os seus, se o tamanho é o tamanho do seu desejo. Gira sobre o calcanhar abraçada ao vestido olhando com a cabeça reclinada a sua imagem refletida. Ela experimenta a nova pele. Ela sabe que a hora da escolha é a hora dos desdobramentos possíveis, desejantes e desejáveis.

 Diversas são as pessoas no ritual da escolha. Há quem saia já perdido, com o desejo brotando desarvorado em cada vitrina ou galho, seguindo a pista do outro, a palavra do outro, o desejo do outro, comprando enganosamente a roupa do outro. E há quem saia comprando tudo, indiscriminadamente, empilhando cores e tecidos num carnaval de gestos.

Não é assim aquela mulher que ocupa todo o meu olhar nessa butique. Ela poderia estar comprando sapatos, poderia estar comprando geladeiras e sacos de batata, mas tal é a singeleza de seus gestos, que ela parece estar comprando cristais. Estou ouvindo uma música qualquer em torno dela, um solo de saxofone ao fim da tarde. É assim que se colhem açucenas e papoulas como se canteiros houvessem atrás dessas vitrinas.

Nós homens, em geral, não conhecemos este momento de gozo. Não sabemos comprar. E escolhemos pior ainda. Entramos apressados, querendo logo provar, embrulhar, pagar e somos capazes de ir para casa com a roupa equivocada. Escolhemos roupa como quem come qualquer feijoada e pizza a metro. Poucos sabem que o escolher tem qualquer coisa do *gourmet,* do provador de vinhos e que a roupa também fala ao paladar.

Os homens são assim mesmo: vivemos com pressa. Na hora de escolher qualquer coisa ou de amar.

As mulheres têm isto de invejável. Sabem não apenas entrar nas lojas para se complementar, mas sabem abrir baús e cofres com uma sensualidade comensal que deixa os homens desnorteados, estupefatos. Essa relação que as mulheres têm com as coisas que complementam o corpo é um fato que o homem olha distante, a invejar. E como a casa complementa o corpo, as mulheres também preenchem o espaço do lar. Já os homens querem sair, completar o mundo pela terra, mar e ar.

Comprar e vender, por outro lado, é um ritual de seduzir e conquistar.

Homens sentados num restaurante falando de negócios, abrindo pastas e planos, estão é se seduzindo sem se conscientizar.

Homens desdobrando panos nos balcões ante mulheres virtuosas, pode ser também uma cena amorosa. A intimidade com a qual o empregado numa loja de tecidos desenrola, apalpa, sugere, põe em movimento o desejo da mulher em frente, é um momento de cumplicidade dos sentidos. Na verdade, o comprador empresta ao outro seu corpo imaginário, que o outro veste, desveste, reveste de cores, tafetás, organdis e sedas e outras provocações orais e táteis. Vender e comprar é fazer o outro desejar, e desejante, se entregar. E aquela mulher que estava ali na butique parece ter encontrado o que tanto pesquisava. Cumpridas as formalidades comerciais, ela desponta para a rua de forma segura, quase luminosa. Ela achou o que procurava. Dá gosto vê-la caminhar.

# A METAFÍSICA DA BARBA

Não se conhece bem o homem que nunca deixou a barba crescer. Digo isto sem preconceitos, porque não pertenço mais à confraria dos barbudos. Mas estou convencido de que se conhece mal o homem que nunca deixou irromper na floresta de seu rosto, o outro, o selvagem, o agente adormecido, o hirsuto. Não quero tirar a sabedoria de imberbe nenhum. Apenas fazê-lo cogitar de quão basta ela poderia ser estampada no seu rosto. Os deuses sempre tiveram barbas. Jeová sem barba não ditaria sequer o primeiro dos mandamentos. Por isto Moisés subiu a montanha barbudamente. Vejam Napoleão, sem barba, um desastre. Já os generais brasileiros do século XIX, barbados, não perderam uma guerra.

Claro que estou brincando. E falando sério. Mas a ambiguidade não é minha. Cristo até o século VI era apresentado como imberbe. Sacerdotes egípcios raspavam todos os pelos do corpo, mas algumas rainhas, para representarem o poder, usavam barba postiça.

Barba é um assunto seriíssimo. O leproso era obrigado a usar um véu sobre a barba. Pedro, o Grande, declarou a barba infame e cobrava impostos dos barbados. Os hippies e Fidel Castro, nos anos 60, reinventaram a barba para disputar o poder.

Ninguém deixa a barba crescer de um dia para o outro impunemente. Claro que em alguns períodos isto pode ser moda pura, e aí o gesto perde sua gravidade. A barba autêntica é aquela que nasce de uma crise que precipita o indivíduo nas cavernas de seu ser. Grandes místicos acordam um dia com a cabeleira encanecida após uma luta mortal entre anjos e demônios. Também da face de um profano podem escorrer os pelos da metamorfose numa inesperada manhã.

Há mulheres que, tendo conhecido a sabedoria da barba nos lençóis do dia, nunca mais se contentarão com a banalidade barbeada de outros amores. Conheci uma que só alcançou o Himalaia do seu erotismo quando o santo amante a elevou aos píncaros de sua barba. Conheci também casos dramáticos: um dia o marido foi ao barbeiro e, aceitando uma provocação, ordenou-lhe que raspasse de vez cavanhaque e bigode. Aceitava o desafio. Ia mudar a cara da vida. Contudo, ao regressar para casa os vizinhos já o estranharam e alguns nem o cumprimentavam. Ao abrir a porta, a filha deu um grito. A esposa correu, viu e desfaleceu. Depois um conselho de família condenou o réu. O que pensava ele? Aquele cavanhaque pertencia à família. Resultado: o humilhado pai, o abatido esposo ficou uma semana internado num face a face com a família até que recomposto o cavanhaque pudesse desfilar pela vizinhança.

Se isto acontece a um simples cavanhaque, imaginem o que sucede a quem, de repente, não mais que repentinamente, raspa a sua peluda imagem do olho alheio. As pessoas pensam que a sua imagem é delas. Não é. É também incalculavelmente dos outros. A comunidade exerce um controle sobre a imagem alheia. Passa por aí todo o fenômeno de estar na moda, inserir-se num padrão social. Tentem divorciar-se, mudar de religião, hábitos sexuais etc. Os demais sentem um terremoto nos seus pés. Foram traídos. Acham que o outro rompeu o equilíbrio do sistema. Um presidente não pode botar e tirar barba à revelia, como edita decretos.

Quando se tem barba descobre-se um outro lado da homemidade: os barbudos são uma confraria. Deveria até haver uma sociedade que os abrigasse, tipo maçonaria. Eles se observam se estudando minuciosamente, discretamente, nos teatros, bares e até num relance de olhos na calçada. Avaliam a barba do parceiro, como só as mulheres sabem avaliar um penteado, uma joia ou vestido na outra. Quem tem espessa barba olha sempre condescendente para quem tem a rala barba de bode. Ter aquela barbona é coisa de animal macho, conferindo a superioridade de seus chifres na campina para o controle da fêmea.

Indizível prazer é esse de cofiar a barba. Inconsciente. Ritualisticamente. Enquanto se lê, enquanto se aguarda o outro dizer uma frase estúrdia, enquanto se toma um vinho ou se afaga o cão junto à lareira. No inverno, barba é ótima. Coisa de urso. Sabiam que o urso cresce o tamanho do pelo de acordo com o rigor do inverno? Por que não o homem?

Bem dizia Walmor Chagas outra noite num jantar na casa de Stella Marinho, quando se discutia a metafísica da barba: a barba é uma máscara como no teatro, é o outro. Um modo de o personagem se experimentar em cena.

A verdade é que a barba faz o sujeito, mas o sujeito faz a barba. Por isto, complementando o que se disse na primeira frase dessa crônica, não se conhece bem o homem que nunca cortou a barba. A barba, como a sabedoria, administra-se. Não pode vir de fora para dentro.

Raspar a barba na manhã. Recuperar um ritual abandonado. O rosto se amplia. Santos óleos escorrem perfumando o dia. O cara a cara consigo mesmo. Também o desbastar, rejuvenescer.

Toda manhã aquele barulhinho: croque-croque, rosque-rosque. O filho dentro e fora do pai vendo-o barbear-se. A luta contra o tempo (croque-croque, rosque-rosque), o tempo agreste, selvagem, que nos olha por trás do espelho irreversivelmente.

# COM A MANGUEIRA NA AVENIDA

Perguntam-me da emoção de estar ali, na avenida, desfilando na Comissão de Frente da Mangueira, bicampeã, ao lado dos notáveis do samba, num enredo sobre Drumão-o-poetão. Falo sobre a honra, responsabilidade e orgulho de ali estar. Falo-falo, mas não consigo me expressar. Não adianta. Só daqui a alguns anos estarei pronto para as palavras que não encontro. Incompetência do cronista? Ou é que o fato transbordou a escrita? Ali estamos. Amanhecendo em verde e rosa. Escolas várias já passaram, cada qual numa avalancha de pernas e cores, seios e sons, alegorias e braços. A multidão devia estar já exausta de tanta exuberância tropical. E quando chega a hora da Mangueira, tudo cessa de existir. E tudo recomeça. Quem não desfilou que desfilasse, que a partir daí não há mais retorno nem comparação. A bateria lá atrás se aquecendo. E vem Dona Zica e nos abençoa e nos beija. E vem Dona Neuma e nos abençoa e nos beija. Salve, rainhas do samba! Salve a cruzada dos guerreiros em verde e rosa na direção do santo tumulto. A escola nem saiu do lugar. Só se mexe. Só se aquece. A jornalista, arrepiada, nos olha e chora. E a escola — essa serpente maliciosa se ajeitando para morder o fruto do pecado e glória na penetrável avenida. "E agora?", pergunta-me a repórter com fios e microfone entre as pernas da multidão: agora seja o que Deus quiser, sou touro-toureiro, sei lá, estou na arena, deixa sangrar.

Meus amigos: estar ali, na cabeceira da pista da Sapucaí e, de repente, ouvir um alto-falante anunciar:

"Alô, alô, nação mangueirense." (Aquilo de "nação mangueirense" põe qualquer um nos seus mais altos brios.) "Vai entrar na avenida a Estação Primeira de Mangueira!" E é ouvir isto e a seguir o brado de guerra da escola cantado por todo o povo: "Chegou ôôô, a Mangueira chegou ôô." Sim, "todo mundo te conhece ao longe/ pelo som de teus tamborins/ e o rufar do seu tambor" — é ouvir isto, e eu vou te contar, o coração salta pra fora, cai no chão, a gente tem que pegar, botar no bolso e amarrar com barbante, senão ele vira pó no pé da multidão.

Ah, Drumão-poetão, se você estivesse ali, desfalecia. Desfalecia como somente desfalece o amante num leito de rosas e jasmins. Se você estivesse ali, sua alma de pierrô travestida de arlequim se abriria aos céus e iria arrebatada pelas mais lindas passistas numa revoada de querubins e serafins. Se aquela multidão toda já viu tantas cores e bandeiras, tantas coxas e adereços, por que ainda se alça e canta e ergue os braços e samba às nove da manhã, depois de uma noite de euforia?

Corações alucinados, pulos e estribilhos nas arquibancadas, sorrisos despencando dos camarotes, serpentinas e acenos envolvendo tudo, e a escola avançando. Tudo é um corpo só, um corpo só composto de mil pés, centopeia erótica deslizando à luz do sol. Se a esse exército de foliões alguém bradasse: "Derrubem a Bastilha, avancem sobre Roma", todas as muralhas cairiam.

Vou lhes dizer: muita gente pode ir a Paris. Há quem visite as pirâmides do Egito. Mas sair na Mangueira é finura altíssima.

É tão bom quanto sorvete de graviola em João Pessoa e sorvete de cupuaçu em Belém. É tão bom quanto carne de sol e doce de caju no Recife e o barreado em Curitiba. Tão bom quanto a moqueca capixaba em Vitória e o quiabo com angu em Tiradentes.

Mais essa comparação verdadeiramente à altura: é como a primeira vez que o mineiro vê o mar.

Vou lhes dizer: é mesmo um ato público de amor. Tensão doce e penetrante. Você indo, a escola avançando, a multidão querendo, chamando, atraindo e todo mundo escorrendo gozo e samba pelas bocas, pernas e lábios. Poder se fantasiar. Fantasiar o poder. Fantasiar-se, e poder. Ora, poder sem fantasia, não é poder. Fantasia, sem posse, é perder-se. Potencializar a fantasia. Fantasia: o não poder, momentaneamente, no poder. O Carnaval é a prova dos nove do intelectual brasileiro.

E ser enredo da Mangueira, no caso de Drummond, corresponde ao prêmio Nobel. A mais tocante das honrarias brasileiras.

# O HOMEM QUE CONHECEU O AMOR

Do alto de seus 80 anos, me disse: "Na verdade, fui muito amado." E dizia isto com tal plenitude como quem dissesse: sempre me trouxeram flores, sempre comi ostras à beira-mar.
Não havia arrogância em sua frase, mas algo entre a humildade e a petulância sagrada. Parecia um pintor, que olhando o quadro terminado assina seu nome embaixo. Havia um certo fastio em suas palavras e gestos. Se retirava de um banquete satisfeito. Parecia pronto para morrer, já que sempre estivera pronto para amar.
Se eu fosse rei ou prefeito teria mandado erguer-lhe uma estátua. Mas, do jeito que falava, ele pedia apenas que no seu túmulo eu escrevesse: "Aqui jaz um homem que amou e foi amado." E aquele homem me confessou que amava sem nenhuma coerção. Não lhe encostei a faca no peito cobrando algo. Ele é que tinha algo a me oferecer. Foi muito diferente daqueles que não confessam seus sentimentos nem mesmo debaixo de um "pau-de-arara": estão ali se afogando de paixão, levando choques de amor, mas não se entregam. E, no entanto, basta ler-lhes a ficha que está tudo lá: traficante ou guerrilheiro do amor.
Uns dizem: casei várias vezes. Outros assinalam: fiz vários filhos. Outro dia li numa revista um conhecido ator dizendo: tive todas as mulheres que quis. Outros, ainda, dizem: não posso viver sem fulana (ou fulano). Na Bíblia está que Abraão gerou Isaac, Isaac gerou Jacó e Jacó gerou as doze tribos de Israel. Mas nenhum deles disse: "Na verdade, fui muito amado."

Mas quando do alto de seus 80 anos aquele homem desfechou sobre mim aquela frase, me senti não apenas como o filho que quer ser engenheiro como o pai. Senti-me um garoto de quatro anos, de calças curtas, se dizendo: quando eu crescer quero ser um homem de 80 anos que diga: "Amei muito, na verdade, fui muito amado." Se não pensasse isto, não seria digno daquela frase que acabava de me ser ofertada. E eu não poderia desperdiçar uma sabedoria que levou 80 anos para se formar. É como se eu não visse o instante em que a lagarta se transformaria em libélula.

Ouvindo-o, por um instante, suspeitei que a psicanálise havia fracassado; que tudo aquilo que Freud sempre disse, de que o desejo nunca é preenchido, que se o é, o é por frações de segundos, e que a vida é insatisfação e procura, tudo isto, era coisa passada. Sim, porque sobre o amor há muitas frases inquietantes por aí. Bilac nos dizia salomônico: "Eu tenho amado tanto e não conheço o amor." O Arnaldo Jabor disse outro dia a frase mais retumbante desde "Independência ou Morte" ao afirmar: "O amor deixa muito a desejar." Ataulfo Alves dizia: "Eu era feliz e não sabia."

Frase que se pode atualizar: eu era amado e não sabia. Porque nem todos sabem reconhecer quando são amados. Flores despencam em arco-íris sobre sua cama, um banquete real está sendo servido, e sonolento, olha noutra direção.

Sei que vocês vão me repreender dizendo: deveria ter-nos apresentado o personagem, também o queríamos conhecer, repartir tal acontecimento. E é justa a repri-menda. Porque quando alguém está amando, já nos contamina de jasmins. Temos vontade de dizer, vendo-o passar: ame por mim, já que não pode se deter para me amar a mim. Exatamente como se diz a alguém que está indo à Europa: por favor, na Itália, coma e beba por mim.

Ver uma pessoa amando é como ler um romance de amor. É como ver um filme de amor. Também se ama por

contaminação na tela do instante. A estória é do outro, mas passa das páginas e telas para a gente.
Todo jardineiro é jardineiro porque não pode ser flor.
Reconhece-se a cinquenta metros um desamado, o carente. Mas reconhece-se a cem metros o bem-amado. Lá vem ele: sua luz nos chega antes de suas roupas e pele. Sinos batem nas dobras de seu ser. Pássaros pousam em seus ombros e frases. Flores estão colorindo o chão em que pisou.
O que ama é um disseminador.
Tocar nele é colher virtudes.
O bem-amado dá a impressão de inesgotável. E é o contrário de Átila: por onde passa renascem cidades.
O bem-amado é uma usina de luz. Tão necessário à comunidade, que deveria ser declarado um bem de utilidade pública.

## DE A RAIZ QUADRADA DO ABSURDO

## LONGOS CABELOS NO MAR

As mulheres não sabem, ou sabem?, mas há certos gestos femininos que são uma lírica coreografia e estão entre o esvoaçar da garça e o ondular da corça na campina. Veja aquela mulher na praia, por exemplo. Acabou de se levantar, ornada de quase tudo ou nada, porque se veste apenas de sucinta tanga e seus longos cabelos. Longos cabelos que o sábio Salomão, na Bíblia, descreveria: os cabelos da amada são como um rebanho de cabras descendo as encostas.

O movimento da gata em direção ao mar é ondulantemente belo, mas não é nele que me concentro. Concentro-me, isto sim, na gestualidade que se desencadeará quando ela mergulhar e emergir do verde-azul, com o rosto lavado e a cabeça erguida como um golfinho ou lisa ariranha urbana e domesticada.

Em seu íntimo balé, tão público, joga a cabeça para trás, arqueando o corpo e a cabeleira, que sobrenada como uma malha de algas. Recolhe em arco a cabeleira como um cometa respingando luz e água num círculo de 180 graus na íris da manhã.

Não está acontecendo nada. Exceto que uma mulher entrou anonimamente na água num ritual que já encantava os primeiros europeus quando viam nossas índias tomarem até 15 banhos diários, como se sereias fossem, como iaras, janaínas e mães-d'água que são.

Há quem fale que ficou em nosso inconsciente a imagem da moura tomando banho nas fontes orientais. Nas ruas de minha infância as mulheres se punham na janela penteando a interminável cabeleira à espera do marinheiro marido. Deve ser isto. Também já fiz análise, pago imposto, olho as nuvens e fico seduzido toda vez que uma mulher desaba em ondas a cabeleira sobre o mar.

Lá vem ela, ondina ondulante, saindo das ondas, enfiando as duas mãos abertas em dedos pela cabeleira arejando a floresta de pelos, num cafuné agitado. E continua o ritual enquanto, meneando a cabeça, volta para seu grupo, lona ou barraca, recolhendo o cabelo molhado como uma cauda, que aperta, acaricia equestre e equinamente. Toma então do pente e, cabeça inclinada para trás ou para o lado, arpeja a sonora pauta de seus pelos. E, de novo, para frente e para trás joga a cabeleira, num círculo de quase 360 graus aspergindo gotas e talvez areia no azul.

O que guardam as mulheres nos cabelos? o que acariciam? o que desabrocham? que companhia se fazem através de seus cabelos? quantas horas do dia, da vida, dedica uma mulher a tecer e destecer paixões e esperas nesses fios? De manhã, o primeiro ritual, quando se prepara para o trabalho ou estudo. Depois, quando se pinta para as festas, o longo diálogo com o espelho. E os xampus, colorantes, aparas, cortes, anúncios, comparações. E os turbantes. Que os turbantes dão aquele ar oriental, quando a mulher sai do banho, cabeça erguida, rainha, eriçada, lisa, como aquelas atrizes de antigamente, cara lavada, o rosto limpo, só de beleza coroada. Nesta hora a mulher pode pedir o que quiser: um iate em Barbados, uma casa no Mediterrâneo e um entardecer em Veneza.

Elas escondem algo nos cabelos. Já lhes disse, fiz análise, acredito na democracia, tenho planos de desembarcar no século XXI e continuo olhando os seus cabelos. E não é só na praia, não. Na porta de uma sorveteria, por exemplo. Ou então, naquela mesa de bar, onde a mulher conversa com seu parceiro. Mas poderia ser também diante de uma vitrina.

Aí ela faz o gesto crucial, banal, ritual. Ergue a mão, displicente, recolhe os cabelos num ombro e começa a en-

rolá-los, sem saber sabendo, fazendo (ou não) um coque. Vai fazer isto várias vezes. Sentada num restaurante do Plaza Mayor, em Madri; num bar de Minas, nos anos 60; no intervalo do balé; em meio a uma prova na sala de aula, vestida ou não de azul e branco. A mão vai recolher os cabelos e manejá-los como cauda, como laço que seduzirá o voyeurista.
 É inverno. Só para quem quer. Porque, nesses dias, o mar tem sido generosamente azul e as mulheres continuam coreografando gestos com seus cabelos. Sentado ali me extasio. E penso: há, sem dúvida, um gestual carioca. Há um jeito de se ir à praia, entrar e sair do mar que é só dos que habitam essa cidade. Onde estão os alunos de belas-artes que não o descrevem?
 Pronto. Lá vai uma mulher. Acabou de se levantar, ornada de quase tudo ou nada, porque se veste apenas de sucinta tanga e seus longos cabelos. Felina e equina, vai em direção ao mar. Quando ela mergulhar e emergir do verde-azul com o rosto lavado e a cabeça erguida como Iemanjá sua cabeleira lisa ou eriçada vai respingar de luz a íris da manhã.

# QUANDO SE É JOVEM E FORTE

Uma vez uma mulher me disse: vocês, jovens, não sabem a força que têm. Ela falava isto como se colocasse uma coroa de louros num herói. Ela falava isto como se não apenas eu, mas todos os jovens fôssemos um grego olímpico ou um daqueles índios parrudões nos rituais da reserva do Xingu. De certa maneira ela dizia: vocês têm o cetro na mão. E eu, jovem, tendo o cetro, não o via. Aquela frase me fez olhá-la de onde ela falava: do lugar da não juventude. Ela expressava seu encantamento a partir de uma lacuna. Se colocava propositadamente no crepúsculo e com suas palavras me iluminava.

Essa frase lançada generosamente sobre minha juventude poderia ter se perdido como tantas outras de que necessito hoje, mas não me lembro. Contudo, ela ficou invisível em alguma dobra da lembrança. Ficou bela e adormecida muitos séculos, encastelada, até que, de repente, despertou e me veio surpreender noutro ponto de minha trajetória.

Possivelmente a frase ficou oculta esperando-me amadurecer para ela. Só uma pessoa não mais jovem pode repronunciá-la com a tensão que ela exige.

Vocês jovens não sabem a força que têm.

Pois essa frase deu para martelar em minha cabeça a toda hora que uma adolescente passa com sua floresta de cabelos em minha tarde, toda vez que um rapaz de ombros largos e trezentos dentes na boca sorri com estardalhaço, gesticulando nas vitrinas das esquinas.

Possivelmente é uma frase ainda mais luminosa no verão.
E mais irradiantemente bela ainda quando o termina e principia e tudo recobra força e viço, e a pele do mundo fica eternamente jovem.

Outro dia a frase irrompeu silenciosamente em mim como coroamento de uma cena. Uma cena, no entanto, trivial.

Estávamos ali na sala de um apartamento e conversávamos. Um grupo, digamos, de pessoas maduras. Cada um com seu copinho de uísque na mão, conversando negócios e banalidades. De repente entra pela sala uma adolescente preparando-se para sair. Entra como faz toda adolescente: pedindo à mãe que veja qualquer coisa em seu vestido ou lhe empreste uma joia. E quando ela entrou tão naturalmente linda, não de uma beleza excepcional, mas de uma beleza que se espera que uma jovem tenha, quando ela entrou, um a um, todos, foram murchando suas frases para ficarem em pura contemplação.

Ali, era disfarçar e contemplar. Parar e haurir.

Poderia-se argumentar que vestida assim ela parecia uma Grace Kelly, um cisne solicitando adoração. Mas se assim é, por que a mesma cena se repetiu quando entrou outra irmã, impromptamente, de jeans, vinda da rua, espalhando brilho nos dentes e vida nos cabelos?

Olhava-se para uma, olhava-se para outra. Olhava-se para os pais que orgulhosos colhiam a mensagem no ar. E surge a terceira filha, também adolescente com aquela roupa displicente que, em vez de ocultar, revela mais ainda juventude.

Esta experiência se repete quando numa família são apresentados os filhos jovens. Igualmente quando se entra numa universidade e se vê aquele enxame de camisetas, jeans e tênis gesticulando e rindo entre uma sala e outra, entre um sanduíche e um livro, sentados, displicentes, namorando sob árvores e na grama, como se dissessem: eu tenho a juventude, o saber vem por acréscimo.

Infelizmente não vem. E a juventude se gasta. Como as pedras se gastam, como as roupas se gastam, se gasta a pele, embora a alma se torne mais densa ou encorpada. Algo semelhante ocorre diante de qualquer criança. Para um bebê convergem todas as atenções na sala. Sorrisos se desenham nos rostos adultos e o ambiente é de terna devoção. É a presença da vida, que no jovem parece ter atingido seu auge.

Por isto, ver um (ou uma) jovem no esplendor da idade é como ver o artista no instante de seu salto mais brilhante e perigoso ou ver a flor na hora em que potencializa toda sua vida e imediatamente nunca mais será a mesma.

Claro, há jovens que são foscos e velhos e velhos que são radiosos adolescentes. Não é disto que falo.

Estou falando de outra coisa desde o princípio. Daquela frase que aquela mulher depositou na minha juventude e agora renasceu.

Gostaria de doá-la a alguém. Penso nisto e a porta se abre. Irrompem, lindas, minhas duas filhas. Extasiado lhes dou um beijo e digo:

— Filhas, vocês não sabem que força têm.

# AMOR, O INTERMINÁVEL APRENDIZADO

Criança, pensava: amor, coisa que os adultos sabem. Via-os aos pares namorando nos portões enluarados se entre buscando numa aflição feliz de mãos na folhagem das anáguas. Via-os noivos se comprometendo à luz da sala ante a família, ante as mobílias; via-os casados, um ancorado no corpo do outro, e pensava: amor, coisa para depois, um depois adulto aprendizado.
Se enganava.
Se enganava porque o aprendizado do amor não tem começo nem é privilégio aos adultos reservado. Sim, o amor é um interminável aprendizado.
Por isto se enganava enquanto olhava com os colegas, de dentro dos arbustos do jardim, os casais que nos portões se amavam. Sim, se pesquisavam numa prospecção de veios e grutas, num desdobramento de noturnos mapas seguindo o astrolábio dos luares, mas nem por isto se encontravam. E quando algum amante desaparecia ou se afastava, não era porque estava saciado. Isto aprenderia depois. É que fora buscar outro amor, a busca recomeçara, pois a fome de amor não sacia nunca, como ali já não se saciara.
De fato, reparando nos vizinhos, podia observar. Mesmo os casados, atrás da aparente tranquilidade, continuavam inquietos. Alguns eram mais indiscretos. A vizinha casada deu para namorar. Aquele que era um crente fiel sempre na igreja, um dia jogou tudo para cima e amigou-se com uma jovem. E a mulher que morava em frente da farmácia, tão doméstica e feliz, de repente fugiu com um boêmio, largando marido e filhos.

Então, constatou, de novo se enganara. Os adultos, mesmo os casados, embora pareçam um porto onde as naus já atracaram, os adultos, mesmo os casados, que parecem arbustos cujas raízes já se entrançaram, eles também não sabem, estão no meio da viagem e só eles sabem quantas tempestades enfrentaram quantas vezes naufragaram.

Depois de folhear um, dez centenas de corpos avulsos tentando o amor verbalizar, entrou numa biblioteca. Ali estavam as grandes paixões. Os poetas e novelistas deveriam saber das coisas. Julietas se debruçavam apunhaladas sobre o corpo morto dos Romeus. Tristãos e Isoldas tomavam o filtro do amor e ficavam condenados à traição daqueles que mais amavam e sem poderem realizar o amor.

O amor se procurava. E se encontrando, desesperava, se afastava, desencontrava.

Então, pensou: há o amor, há o desejo e há a paixão. O desejo é assim: quer imediata e pronta realização. É indistinto. Por alguém que, de repente, se ilumina nas taças de uma festa, por alguém que de repente dobra a perna de uma maneira irresistivelmente feminina.

Já a paixão é outra coisa. O desejo não é nada pessoal. A paixão é um vendaval. Funde um no outro, é egoísta e, em muitos casos, fatal.

O amor soma desejo e paixão, é a arte nas artes, é arte final.

Mas reparou: amor às vezes coincide com a paixão, às vezes não.

Amor às vezes coincide com o desejo, às vezes não.

Amor às vezes coincide com o casamento, às vezes não.

E mais complicado ainda: amor às vezes coincide com o amor, às vezes, não.

Absurdo.

Como pode o amor não coincidir consigo mesmo?

Adolescente amava de um jeito. Adulto amava melhormente de outro. Quando viesse a velhice, como ama-

ria finalmente? Há um amar dos 20, um amor dos 50 e outro dos 80? Coisa de demente.
Não era só a estória e as estórias do seu amor. Na história universal do amor, amou-se sempre diferentemente, embora parecesse ser sempre o mesmo amor de antigamente.
Estava sempre perplexo. Olhava para os outros, olhava para si mesmo ensimesmado.
Não havia jeito. O amor era o mesmo e sempre diferenciado.
O amor se aprendia sempre, mas do amor não terminava nunca o aprendizado. Optou por aceitar a sua ignorância.
Em matéria de amor, escolar, era um repetente conformado.
E na escola do amor declarou-se eternamente matriculado.

# METAMORFOSE AMOROSA

Uma vez, li num texto de Clarice Lispector esta frase: "Toda mãe de filha feia deveria prometer-lhe que ela seria bonita quando a sabedoria do amor esclarecesse um homem." Sublinhei a frase instintivamente. Isto foi há muito tempo. Agora fui lá em *A maçã no escuro* procurar a frase, e lá estava ela, intacta e forte.
    Recolho-a quando a questão da beleza, uma vez mais, vem habitar ostensivamente nosso verão. É que existem vários tipos de beleza. E a mais óbvia é a que todos veem. Por exemplo, a beleza arrebatadora, avassaladora, que surge imperiosa e exige logo adoração.
    É assim com certas mulheres e homens. Entram numa sala e passam a ser o centro de gravidade dos olhares. Aparecem nas telas e capas de revistas e nos hipnotizam. É assim também não apenas com pessoas, mas com certos objetos na vitrina e museus: ficamos medusados diante deles, em pura contemplação. É assim, ainda, com certas músicas que, ouvidas, passam a fazer parte de nosso repertório existencial e nos harmonizam nos desvãos do dia.
    Mas a esse tipo de beleza se opõe um outro. O da beleza que se esvazia, que vai se esmaecendo e se distanciando de si mesma até ficar feia. É como se ocorresse uma metamorfose qualquer. E não estou falando de velhice e desgaste físico, mas da beleza que se esgota e se exaure. Pessoas que perdem o brilho sem que se saiba por que e em que instante exato.
    O fato é que a gente olha, de repente, uma pessoa e repara que ela não apenas não *está* bela mas já não

é mais bela. É como se a harmonia se interrompesse inesperadamente. Um modo de olhar, a curva do nariz, uma expressão de mau gosto e a beleza se esvai. Se esvai onde? Nela? Em nós? Sabe-se apenas que o que era vidro se quebrou e o amor que tu me tinhas era pouco e se acabou... Diferente desses tipos um outro aparece e me intriga: o da beleza envergonhada. A beleza acabrunhada de ser bela.
Existe? Existe.
Exemplo? Ei-lo.
Ela me confessou: quando menina era tão bonita que já não suportava mais. A todo lugar que ia repetiam-se as louvações carinhosas. Todos que vinham visitar a família desfilavam incontidos elogios. Ao ser apresentada, lá vinha o galanteio. Saindo com amigas, logo se diferenciava. No baile, a mais solicitada. Enfim, dizia ela, um porre! um saco! Parecia que as pessoas queriam tirar pedaço de mim. Outros elogiavam de uma maneira tal como se eu tivesse que fazer alguma coisa para merecer ser bela.

Nesse caso, a beleza passou a ser um ônus, uma cobrança, uma chateação. Daí que ela começou a enfear sua beleza para ser comum como os outros. A tal ponto que hoje o marido de vez em quando lhe diz: — Vê se te arruma um pouco, mulher...

Há, no entanto, uma beleza que não entra com clarins em nossa vida, nem se estampa em silhuetas perfeitas nas páginas do dia. Não é a obra sedutora, arrebatadora, exigindo imediatos adoradores.

Ela é percebida aos poucos. Não se constrói linearmente. Um dia você observa que o olhar dela não é tão banal. Que o sorriso irradiou uma mensagem qualquer. Está pronto para descobrir que a pele tem a temperatura do seu desejo. Um corpo que parecia tão igual a qualquer um, súbito, ganha uma delicada aura. A voz, que antes não tinha qualquer traço especial, agora fica registrada na memória através de expressões banais, mas gostosas de serem lembradas.

Você está começando a olhá-la e a pensar: se ela não é tão deslumbrante como as outras, por que telefono, por que facilito encontros e por que seu corpo extrai do meu surpresas e maravilhas? Como quem concede ou entrega um prêmio, como quem deposita a alma no destino do outro, você está pronto a se dizer: é bela, em mim, por mim, para mim. E isto basta. Eu te inventei na tua beleza, que construímos. Sim, a beleza (descobre-se) também se constrói. Não exatamente (ou apenas) nas mesas de cirurgia plástica. Como as casas se constroem, como as flores, que passam a existir, se olhadas, a beleza se constrói. De nossas carências, de nossas premências ela se constrói, e é um imponderável arco sobre a íris de quem ama.

É assim, meu amigo. E se isto está acontecendo com você, você há muito começou a amá-la. E entre vocês dois está se operando mais que uma profecia de mãe, uma metamorfose rara, que você deve curtir e prolongar.

# UM ÔNIBUS COM LÍRIOS E FORMIGAS

Naquele dia em que um atirador anônimo acertou na cabeça cinco dos vinte pivetes que saqueavam os passageiros de um ônibus eu estava matando formigas que devoravam os lírios amarelos do meu jardim. Não gosto de matar formigas. Não gosto de matar qualquer inseto, e devo confessar que tenho salvado vários: alguns em poças d'água, outros presos na vidraça ou perseguidos por lagartixas policiais.
Mas naquele dia me enfureci. Os lírios amarelos ali humildezinhos, sentadinhos no canteiro do ônibus e, de repente, aquele batalhão de formigas vorazes atacando de todos os lados, cortando todas as folhas como se estivessem num piquenique festivo e trivial.
Medi rapidamente a extensão da tragédia. Já haviam comido cinco pés de lírio na mesma "operação arrastão". Faziam como fazem os pivetes em bando, quando entram pelo ônibus aos magotes, pulando sobre a roleta; enquanto alguns vigiam, outros vão limpando os passageiros, depenando suas vítimas, que após o assalto ficam com a alma cortada, sem documentos, sem dinheiro e a identidade pela metade.
Procurei rapidamente formicida em grãos. Pensei: farei um trabalho limpo. Espalharei aqui e ali os grãos envenenados e as operárias do saque morrerão no seu barraco, longe de minha vista. É uma morte indolor (para mim), não correrá sangue. Além do mais, meu gesto é natural: parece que estou jogando sementes, distribuindo balas no dia de são Cosme e Damião.

Mas o formicida estava velho, inoperante como a Justiça. Esperei que fizesse efeito, mas os pivetes passeavam sobre os grãos da lei e da advertência, indiferentes, risonhos.

Não tive dúvidas. Como um pistoleiro anônimo tira a sua arma e do fundo do ônibus atira certeiramente na cabeça de cinco dos vinte pivetes que saqueiam um ônibus, comecei a pisar o exército de formigas que saqueavam meus pés de lírios amarelos. Ia pisando certeiramente e quase ouvindo o estalo de seus corpos explodindo contra o chão. Tinha que escolher: os lírios amarelos ou elas. Por que tinham que devorar logo aquelas flores? Não havia tanta grama ou outros vegetais onde poderiam ir trabalhar sua fome? Não poderiam ir cortar pragas em vez de lírios? Assim prestariam um serviço à comunidade e seriam úteis em vez de predadoras.

Mas guerra é guerra, diz o policial jardineiro acuado no fundo do ônibus. Ou, então, como dizia cientificamente alguém: dê-me um ponto de apoio (ou uma arma) e moverei o universo (ou limparei a cidade de seus bandidos).

Devo confessar que matei as formigas e voltei tristemente alegre para minha poltrona, livros e jornais. Talvez como o pistoleiro que chegando em casa e orgulhosamente realizado disse à mulher: hoje o dia rendeu, matei cinco formigas num pé de lírio amarelo. E a mulher o olhou com a admiração de quem olha um guerreiro no jardim.

O que fazer com as formigas?

Tenho estudado muito esse assunto. Já andei escrevendo sobre elas e breve escreverei sobre outras incríveis características que têm. Descobri até que Darwin se interessava muito por elas, e que a ciência que se dedica ao seu estudo se chama mirmecologia.

Mas pergunto aos vizinhos lá na minha casa nas montanhas: o que fazem quando as formigas atacam os pés de lírios amarelos? As respostas não variam, falam sempre em formicida.

No elevador de meu prédio ouço uma extensão dessa estória: — Viu só? Acertaram na cabeça de cinco formigas que estavam devorando os lírios amarelos dentro de um ônibus. E isto era dito com o prazer de quem comunica a vitória de um time ou como se alguém tivesse acertado, no jogo do bicho, na cabeça.
    Na banca de jornal, formigavam leitores na calçada comentando a mesma façanha. Se espalhassem meia dúzia de atiradores com uma lata de formicida na mão poderíamos viajar mais tranquilos.
    O presidente do sindicato das empresas de ônibus falou como talvez falasse qualquer jardineiro a respeito de formigas. Segundo ele, o matador das formigas "deveria se apresentar, ser homenageado pela polícia e servir como modelo, pela demonstração de firmeza e confiança que deu aos lírios amarelos. Ele fez aquilo em defesa do jardim, cumprindo seu dever. Se tivesse tentado prender todas as formigas, elas teriam fugido e assaltado outros ônibus. Pelo menos são menos cinco elementos por aí para assaltar nossas flores".
    Já fui, já fomos melhores pessoas.
    Já fui? já fomos melhores pessoas?
    A historia é uma dialética de flores e formigas?
    Quando, como e por que um ser humano se transforma em predatória formiga?
    Até quando teremos de andar de ônibus com uma lata de formicida?

## JOÃO, O ROSA

Digo e avalio: esse João-Joãozinho-Joãozito dos Guimarães, a mais silvestre Rosa do sertão, igual esse aí não tem nunca mais no mais ancho sertão das Gerais. Vivo fosse cumpriria os alvos picos dos 80 anos, amanhã. Mas não foi de jeito. Me ouça agora e revele: dá pra crer? Tão novel e noveloso romancista morrer assim de mortezinha tão chã! Carecia? 's conjuro. Pois não foi? Estalou o coração por causa daquela coisinhazinha mais comezinha, Academia Brasileira de Letras. Assim foi. Indago, então: como um vaqueiro daquela estirpe aderna numa montaria prenha daquelas? Mire e veja: cavalgador de baio-calçado, manga-larga ou ruço-picaço quatrolho e quatralvo, como se desmazelou assim na sela das honrarias?

O Rosa, digo, era o Rosa-mundo, flor rosácea. Flor de buriti é o que era, com bagas globosas e escamosos sentidos, ali altinho-altinho, altíssimo no seu destino. Assombra o aprendizado dele no silencioso mister do escrever. Geração, não tinha. Ficava ali tinhoso, moendo no áspero da solidão própria. Publicou apressado? Nem diga. Esperava na pachorra do talento, sozinho no poovoso da vida literária. Floração dificultosa, mas foi. Treslendo o que primeiro escrevinhava, nos anos 30, dizer não se podia, seguro, quem João já sendo, desdobrável seria.

Cum'é qu'então aprumou além do conforme?

Diz o dito ditado: o que tem que ser tem muita força. Deus resvala? O coração segue o dono. Hoje sei. Com ele aprendi demasiado. Ele, um riozinho, a princípio, trivial. Como o São Francisco minando oculto suas canastras.

Mas-vai, crescente-volumoso se assenhora das vertentes. Rosa, igualzinho o rio-Chico. Sutil-sutil nas nascentes, ninguém-viu-ninguém-vê, quase. Depois vira o rio escritura da unidade nacional. Fosse vivo ainda o cujo, o que faria eu, desassisado? Sentava ao seu pé dizendo: Pai, a bênça. Pródigo sou. E ia beber vivências nas margens de sua boca. Contudo, foi-se o encantado. Sua mão apertei nunca. Nem vi, assim, de perto-pertinho, que não fosse, ao-depois, foto. Foi desavença de datas, eu me achando perdido no Belzonte, ele, no redemoinho no meio do mundo, já. Travessia pura. Eu, nonada.

Dele a coisa que mais diziam, os estremunhados, era: é ler dez páginas e parar. Sua escrita é remosa, não anda. Era? Nem nunca. Se vingava: críticas contrariando seu obrar ele colava no álbum, mas de ponta-cabeça, ao revés, caprichoso no desdém. Claro, a colagem também era filosófica. Pegasse como queria o usuário e o elogio é que se postava de cabeça pra baixo, verdade sempre dependente do olho do articulante.

Cônscio, sabia dos murmúrios: "tem arquivo secreto", "grava conversas de vaqueiros", "só copia". Ele, cônscio, prosperava. Escritor, eu sei, e agora digo, escritor é o inventa-línguas. Que ele sabe, que ele nem sabe, mas adivinha.

Não viram Clarice, a irmãzinha dele. Me ponho agudo na ponta do desejo imaginando os dois. Não viviam no mesmo Itamarati, na mesma cidade, em tempos os mesmos? Se falavam? Se desperdiçaram, na timidez? Não sei, mas expresso um imaginoso teatro melhor que o artimanhoso encontro de Pascal e Descartes. Quem duvide, teatralize a parlenga dos dois-tantos, Clarice-Rosa, Rosa-Clarice.Uma conversa de ambos, os muitos.

Que observança tinha o tal. De tudo e cada. Das florinhas beira-estrada. Dos alvoroçados pássaros, das espécies todas rastejantes, da arenga dos bois e homens. E os objetos no seu cuidadoso nome encaixado. Acho que

não tem outro assim sojigando ideias. Nele o rumo das coisas nascia constante, assim era.
Leitor que enganchasse em seu ritmo, que fosse. Ação de personagem, pode ser que tinha, as vez... o Riobaldo, o Diadorim, duelos, epopeias de homem homérico. Mas que não demandassem só isso. Esse só isso, o bastante, sobrava nas impossíveis traduções. Traições. Destarte, a sua, montava na significância. A falação, escrevinhante, escrevinhada que adornava a criação, é que era. A escrita, a própria, o essencial do em si. Nele, a palavra era o aprazível escrevivido, escrevivendo. Mire e veja.
Homem sábio descura do invisível? O Rosa não era estúrdio. Rosa-cruz era, disseminando símbolos nas capas tatuadas dos livros. Apois não pôs o infinito no sem-fim do *Grande sertão: veredas*? Sabia. Sinal é esse: ∞, um oito deitado no liso da escrituração. Como ele, infinito, deitado, no sertão. Infinito é tudo. Igual a zero. O 8 e o zero, assim: 80. Em pé.
O senhor ache e não ache. Tudo é e não é...

# DE DE QUE RI A MONA LISA?

# PORTA DE COLÉGIO

Passando pela porta de um colégio, me veio uma sensação nítida de que aquilo era a porta da própria vida. Banal, direis. Mas a sensação era tocante. Por isto, parei, como se precisasse ver melhor o que via e previa. Primeiro há uma diferença de clima entre aquele bando de adolescentes espalhados pela calçada, sentados sobre carros, em torno de carrocinhas de doces e refrigerantes, e aqueles que transitam pela rua. Não é só o uniforme. Não é só a idade. É toda uma atmosfera, como se estivessem ainda dentro de uma redoma ou aquário, numa bolha, resguardados do mundo. Talvez não estejam. Vários já sofreram a pancada da separação dos pais. Aprenderam que a vida é também um exercício de separação. Um ou outro já transou droga, e com isto deve ter se sentido (equivocadamente) muito adulto. Mas há uma sensação de pureza angelical misturada com palpitação sexual, que se exibe nos gestos sedutores dos adolescentes. Ouvem-se gritos e risos cruzando a rua. Aqui e ali um casal de colegiais, abraçados, completamente dedicados ao beijo. Beijar em público: um dos ritos de quem assume o corpo e a idade. Treino para beijar o namorado na frente dos pais e da vida, como quem diz: também tenho desejos, veja como sei deslizar carícias.

    Onde estarão esses meninos e meninas dentro de dez ou vinte anos?

    Aquele ali, moreno, de cabelos longos corridos, que parece gostar de esportes, vai se interessar pela informática ou economia; aquela de cabelos loiros e crespos vai ser dona de butique; aquela morena de cabelos lisos quer ser médica; a gorduchinha vai acabar casando com um gerente de multinacional; aquela esguia, meio bailarina, achará um diplomata. Algumas estudarão letras, se casarão, largarão tudo e passarão parte do dia levando filhos à praia e à praça e pegando-os de novo à tardinha no colégio. Sim, aquela quer ser professora de ginástica. Mas nem todos têm certeza sobre o que serão. Na hora do vestibular resolvem. Têm tempo. E isso. Têm tempo. Estão na porta da vida e podem brincar.

Aquela menina morena magrinha, com aparelho nos dentes, ainda vai engordar e ouvir muito elogio às suas pernas. Aquela de rabo de cavalo, dentro de dez anos se apaixonará por um homem casado. Não saberá exatamente como tudo começou. De repente, percebeu que o estava esperando no lugar onde passava na praia. E o dia em que foi com ele ao motel pela primeira vez ficará vivo na memória.

É desagradável, mas aquele ali dará um desfalque na empresa em que será gerente. O outro irá fazer doutorado no exterior, se casará com estrangeira, descasará, deixará lá um filho — remorso constante. As vezes lhe mandará passagens para passar o Natal com a família brasileira.

A turma já perdeu um colega num desastre de carro. É terrível, mas provavelmente um outro ficará pelas rodovias. Aquele vai tocar rock vários anos até arranjar um emprego em repartição pública. O homossexualismo despontará mais tarde naquele outro, espantosamente, logo nele que é já um dom-juan. Tão desinibido aquele, acabará líder comunitário e talvez político. Daqui a dez anos os outros dirão: ele sempre teve jeito, não lembra aquela mania de reunião e diretório? Aquelas duas ali se escolherão madrinhas de seus filhos e morarão no mesmo bairro, uma casada com engenheiro da Petrobrás e outra com um físico nuclear. Um dia, uma dirá à outra no telefone: tenho uma coisa para lhe contar: arranjei um

amante. Aconteceu. Assim, de repente. E o mais curioso é que continuo a gostar do meu marido. Se fosse haver alguma ditadura no futuro, aquele ali seria guerrilheiro. Mas esta hipótese deve ser descartada. Quem estará naquele avião acidentado? Quem construirá uma linda mansão e um dia convidará a todos da turma para uma grande festa rememorativa? Ah, o primeiro aborto! Aquela ali descobrirá os textos de Clarice Lispector e isto será uma iluminação para toda a vida. Quantos aparecerão na primeira página do jornal? Qual será o tranquilo comerciante e quem representará o país na ONU?
Estou olhando aquele bando de adolescentes com evidente ternura. Pudesse passava a mão nos seus cabelos e contava-lhes as últimas estórias da carochinha antes que o lobo feroz os assaltasse na esquina. Pudesse lhes diria daqui: aproveitem enquanto estão no aquário e na redoma, enquanto estão na porta da vida e do colégio. O destino também passa por aí. E a gente pode às vezes modificá-lo.

## DE QUE RI A MONA LISA?

Estou na Sala Da Vinci, no Louvre. Aqui penetrei encaminhado por uma seta que dizia "Sala Da Vinci". É como se fosse uma indicação para uma grande avenida no trânsito de uma cidade. Não que a seta seja apelativa ou extraordinária. Mas reconheço que nela está escrito implicitamente algo mais. É como se sob aquelas letras estivesse inscrito: "Preparem o seu coração para um encontro histórico com a Gioconda e seu indecifrável sorriso." E tanto é assim que as pessoas desembocam nesta sala e estacionam diante de um único quadro — o da Mona Lisa.

Do lado esquerdo da *Gioconda,* dezesseis quadros de renascentistas de primeiro time. Do lado direito, dez quadros de Rafael, Andrea del Sarto e outros. E na frente, mais dez Ticianos, além de Veroneses, Tintorettos e vários outros quadros do próprio Da Vinci.

Mas não adianta, ninguém os olha.

Estou fascinado com este ritual. E escandalizado com o que a informação dirigida faz com a gente. Agora, por exemplo, acabou de acorrer aos pés da Mona Lisa um grupo de japoneses: caladinhos, comportadinhos, agrupadinhos diante do quadro. A guia fala-fala-fala e eles tiram-tiram-tiram fotos num plic-plic-plic de câmeras sem flash. Sim, que é proibido foto com flash, conforme está desenhado num cartaz para qualquer um entender.

E lá se foram os japoneses. A guia os arrastou para fora da sala e não os deixou ver nenhum outro quadro. E assim pessoas vão chegando sem se dar conta de que sobre a porta de entrada há um gigantesco Veronese, *Bo-*

*das de Caná*. É singularíssimo, porque o veneziano misturou a festa de Caná com a "última ceia". Cristo está lá no meio da mesa, num cenário greco-romano. O pintor colocou a escravaria no plano superior da tela e ali há uma festança com a presença até de animais. Entrou agora na sala outro grupo. São espanhóis e italianos. "Veja só os olhos dela", diz um à sua esposa, exibindo o original senso crítico. "De qualquer lado que se olha, ela nos olha", diz outro parecendo ainda mais esperto. "Mas, que sorriso!", acrescenta outro ainda. E se vão.

Ao lado esquerdo da Mona Lisa reencontro-me com dois quadros de Da Vinci. Mas como as pessoas não foram treinadas para se extasiar diante deles, são deixados inteiramente para mim. São *A virgem dos rochedos* e *São João Batista*. Este último me intriga particularmente. É que este são João assim andrógino tem uma graça especial. E mais: tem o rosto muito semelhante ao de santa Ana, do quadro *Santa Ana, a virgem e o menino*, no qual Freud andou vendo coisas tão fantásticas, que se não explicam o quadro pelo menos mostram como o psicanalista era imaginoso.

Chegou um bando de garotos ingleses, escoceses, irlandeses, vermelhinhos, agitadinhos, de uniforme. Também foram postos diante da Mona Lisa como diante do retrato de um ancestral importante. Só diante dela. O guia falava entusiasmado como se estivesse ante o quadro de uma batalha. E ele ali, talvez achando graça da situação.

Enquanto isto ocorre, estou enamorado da *Belle ferronière*, do próprio Da Vinci, que embora possa ser a própria Mona Lisa de perfil, ninguém olha.

Chegou agora um grupo de jovens surdos-mudos holandeses. Postaram-se ali perplexos, o guia falou com as mãos e foram-se. Chegou um grupo de africanos. E repete-se o ritual. E ali na parede os vários Rafaéis, outros Da Vincis, do lado esquerdo os dezesseis renascentistas de primeira linha, do lado direito os dez quadros de Rafael, Andrea del Sarto e outros e na frente mais dez Ticianos, além dos Veroneses, Tintorettos etc., que ninguém vê. O ser humano é fascinante. E banal. Vêm para ver. Não veem nem o que veem, nem o que deviam ver. Entende-se. Aquele cordão de isolamento em torno da Mona Lisa aumenta a sua sacralidade. E tem um vigia especial. E um alarme especial contra roubo. Quem por ali passou defronte dela acionando sua câmera, pode voltar para a Oceania, Osaca e Alasca com a noção de dever cumprido. Quando disserem que viram a Mona Lisa, serão mais respeitados pelos vizinhos.

Mal entra outro grupo de turistas para repetir o ritual, percebo que a Mona Lisa me olha por sobre o ombro de um deles e sorri realmente.

Agora sei de que ri a Mona Lisa.

## QUE PRESENTE TE DAR

Que presente te darei, eu que tanto quero e pouco dou, porque mesquinho, egoísta, distraído não te cumulo daquilo que deveria cumular?
Deveria desatar inúmeros presentes ao pé da árvore, entreabrindo joias, tecidos, requintados e pessoais objetos, ou deveria dar-te não o que posso buscar lá fora, mas o que em mim está fechado e mal sei desembrulhar?
Gostaria de dar-te coisas naturais, feitas com a mão, como fazem os camponeses, os artesãos, como faz a mulher que ama e prepara o Natal com seus dedos e receitas, adornos e atenções.
Te dar, talvez, um pedaço de praia primitiva, como aquelas do Nordeste, ou de antigamente — Búzios e Cabo Frio; um pedaço de mar das ilhas do Caribe, onde a água e o amor são transparentes e onde a areia é fina e brilhante e, sozinhos, habitam a eternidade, os amantes.
Te dar aquele verso de canção um dia ouvida não sei mais onde, se numa tarde de chuva, se entre os lençóis cansados; um verso, uma canção ou talvez o puro som de um saxofone ao fim do dia, som que tem qualquer coisa de promessa e melancolia.
Fugir uma tarde contigo para os motéis, quando todos os homens se perdem nos papéis e escritórios, números e tensões; fugir contigo para uma tarde assim, um espaço de amor entreaberto, um entreato na peça que nos pega a burocracia dos gestos.
Gravar numa fita as canções que me fazem lembrar de ti e ouvi-las, ou tocar de algum modo, em algum cassete as frases que disseste, que em mim gravaste; frases líricas, precisas, que quando estou cinza, relembro e me iluminam.

Te enviar todos os cartões, que colecionas, de todos os lugares que conheço ou que tu nem imaginas; ir a essas paisagens e ilhas e habitá-las com os selos e palavras de intermitente paixão.

Dar-te aquela casa de campo entre montanhas, aquele amor entre a neblina, aquele espaço fora do mundo, fora dos outros espaços, sem telefone, sem estranhas ligações, para ali nos ligarmos um no outro em una e dupla solidão.

Se queres joias, te darei. Aqueles corais que vendem na Ponte Vecchio, em Florença; o âmbar ou as pérolas que expõem nas lojas do Havaí; aquelas pedras de vidro para iridescentes colares, que vendem em Atenas, ao pé da Plaka, ao pé da Acrópole, que amorosa nos contempla.

Te dar numa viagem os castelos do Loire, e sair comendo e rindo juntos no roteiro gastronômico franco-italiano; ali comendo e aqueles vinhos bebendo, de tudo nos esquecendo, sobretudo dos remorsos tropicais de quem tem sempre ao lado um faminto desamparado, de culpa nos ferindo.

Te darei flores. Sempre planejei fazer isto. Tão simples: de manhã acordar displicente e começar a colher flores sob a cama. Ir tirando buquês de rosas, margaridas, vasos de íris, orquídeas que estão desabrochando e, uma a uma, de flores ir te cumulando. E amanhecendo dirás: o amado hoje está mel puro, seu amor aflorou e está me perfumando.

Escrever bilhetes pela casa inteira, metê-los entre as roupas, armários, prateleiras, para que na minha ausência comeces a desdobrar recados daquele que nunca se ausentou, embora esse ar de quem vive partindo, mas, se alguma vez partiu partido foi para reunido regressar.

Te dar um gesto simples. Passar a mão de repente sobre tua mão, como se apalpa a vida ou fruto que pede para ser colhido.

Te dar um olhar, não aquele olhar distraído, alienado de quem está nas coisas prosaicas perdido, mas um olhar de quem chegou inteiro e que se entrega enternecido e desamparado dizendo: olha, sou teu, agora veja lá o que vai fazer comigo.

# ESSA LAGOA EM FRENTE

Enojado de política, olho a lagoa. Não uma lagoa qualquer, mas essa que todos os dias se abre aos meus olhos saudando a vida luminosamente. Seu nome é prosaico — lagoa Rodrigo de Freitas. Deveria ter um nome indígena, agreste, que espelhasse o entardecente sol e transmitisse mistério e calma. Deveria, por isso, se fazer um concurso para renomeá-la: lagoa da Paz, Olho da Terra, Súbito Clarão. Mas isto, repito, colocado em tupi-guarani, que soaria melhor. Assim, talvez se pudesse recuperar sua magia mítica, pois para os primitivos é através dos olhos dos lagos que os habitantes do mundo subterrâneo contemplam o universo. Para outros, as lagoas são palácios subterrâneos onde fadas e feiticeiras se escondem.

Olho essa lagoa e me dou conta que aqui e ali ouço frases sobre o efeito que ela exerce sobretudo para quem vem da zona norte, de São Paulo ou de qualquer região cimentada e poluída. Ocorre, então, um verdadeiro rito de passagem. Neste sentido, os dois túneis que a ligam com o outro mundo têm um sentido iniciatório.

A gente lá vem em meio a carros, caminhões e ônibus, numa zoeira infernal, numa tensão enervante, como se estivesse fugindo do demônio ou regressando de uma cruzada, súbito, mergulha no túnel angustiante e, de repente, é parido num estridente lago de luz.

É um parto, é um sair do útero, das trevas, e deslizar para a vida. É como se a alma entrasse em estado de purificação antes de a gente chegar em casa, jogar a pasta, tirar o paletó, pegar a correspondência, tomar um uísque e relaxar.

Por essas e por outras é que acho que deveria haver (como havia nos portais das cidades antigas) um sinal qualquer advertindo a quem vem de que está prestes a ingressar noutro astral.

Em cidades gregas ou na Babilônia havia esfinges e estátuas de seres alados advertindo que o viajor estava entrando em terra sagrada. A portada do túnel, portanto, bem que merecia uma sinalização prevenindo a epifania. E essa lagoa é cheia de sortilégios. Tem todas as metamorfoses fêmeas da sedução. Sendo sempre a mesma, consegue ser diferente de manhã, de novo diferente à tarde e, à noite, diferente ainda consegue adormecer. E depois ela sabe também como se nuançar quando as estações variam.

Além do mais, é espelho de alguns dos mais belos monumentos naturais da cidade: a pedra da Gávea, o Dois Irmãos e o Corcovado. E a gente vai seguindo, vai circundando por suas margens e a paisagem vai se alterando num caleidoscópio vivo. Muitos não resistem e caem desastrados em suas águas ou batem contra as árvores, tal o impacto da revelação.

Ali, os remadores ondeiam seus músculos, já na madrugada. Há outros, na verdade, que remam parados, na simulação do barco. Sentados nos bancos, vão mexendo os remos, mas são aprendizes ainda, por isto seu barco de cimento não se desloca. Fico pensando se não somos assim: remando, remando sem sair do lugar.

Não, não vou descrever pormenorizadamente tudo o que ocorre em suas margens, quando alguns correm, muitos pedalam, outros andam a cavalo e as famílias expõem as crianças ao sol. Nem vou falar das regatas, dos clubes em torno, do parque de diversões, nem quero reclamar agora dos aviltamentos ecológicos.

Poderia, é claro, falar daquela mulher que ali vai de short branco e cabeleira loira e segue pensando em seu amante, ou daqueles dois senhores que gesticulam negócios e cifras enquanto caminham bordejando a manhã. Ou, quem sabe, dos mendigos que habitam seus desvãos e das crianças que vendem drops na parada dos sinais.

Mas estou falando é de luz mesmo, da alegria cromática e júbilo sonoro de quem se encontra com essa lagoa abrindo uma clareira no seu dia.

Se você está me lendo às margens dessa cena, pare um instante, tire os olhos da náusea política e econômica e olhe a lagoa em frente. Se você apenas passa por ela durante a semana, reencontre-a com mais amor. Mas se você vive num outro cenário, isto não é tão grave assim. Cada um pode descobrir ou inventar um feixe de luz que dê sentido ao seu dia. A lagoa e a luz também são coisa interior.

# O CÉTICO

Os céticos não fazem história, contemplam-na a distância, comodamente, instalados na sabedoria do não correr riscos. Nossa cultura os tem elogiado. Eu tenho minhas dúvidas sobre eles.
O cético não ajuda na construção do edifício, apenas diz: acho que desse jeito vai desabar.
Mas se lhe perguntarem: então, como deve ser, ele dirá: não me perguntem, não sou engenheiro, minha função é não acreditar.
O ceticismo é o barateamento de uma certa filosofia. O cético não vive, desconfia. Não participa, espia. Não faz, assiste.
O cético (em não fazendo nada) se julga melhor que todos os que fazem. Já ouviram falar de "arte conceitual"?, aquela em que o autor não faz a obra, apenas projeta seus propósitos; não realiza, apenas diz como seria se realizasse? Pois o cético é o criador da "vida conceitual".
Não contem com o cético para uma revolução. E se houver revolução, e se ele se misturar aos vencedores, vai dizer: "Vocês não perdem por esperar."
Não convidem o cético para fundar uma cidade. Não é sequer bom guardião de biblioteca e é com desconfiança que ouve o canto dos pássaros.
O cético não planta uma árvore, já duvidando que a semente brote. Dependêssemos dos céticos estaríamos nas cavernas, não teríamos feito sequer o primeiro machado de pedra lascada.

A sorte do cético é que outros plantam e colhem para ele. Certas épocas elegem o cético como modelo. Tristes épocas.
O cético não tem nada a perder, porque não joga. E como, em grande parte, a maioria dos sonhos humanos não se realiza como a gente pretendia, o cético considera--se sempre um profeta. Da inércia, é claro.
Fosse Deus cético e não teria sequer dito *fiat*. Nem Colombo teria partido para a América com aquelas três caravelas.
O cético tem paralisia na alma. O irmão gêmeo do cético é o cínico.
Os céticos, é claro, são assépticos e esqueléticos de sonhos.
Os céticos têm movimentos milimétricos, movem--se em círculos rastejantes, não têm a mágica leveza do equilibrista atlético.
O cético é um ser original que precisa ser melhor pesquisado, pois só tem uma vértebra: a vértebra do invertebrado.
O homem de ação age, o romântico sonha, o cético tem atitudes bisonhas.
O cético é cauteloso. Parece um santo humilde e, no entanto, é o maior orgulhoso: orgulha-se, não do excesso de carne, mas do osso.
O cético, enfim, é um amante perverso e curioso, pois o seu maior prazer é não ter gozo.

# O HOMEM DIANTE DOS TANQUES

Tem 19 anos. E vai morrer. Vai morrer porque ousou parar com seu corpo uma fileira de tanques que avançava na praça da Paz Celestial, em Pequim. Da janela de nossas televisões o vimos. Os tanques vinham com suas lagartas de aço para massacrar a borboleante multidão e, súbito, um homem se destacou da massa e se postou diante do tanque da frente. Ele ali, firme. O cano de combate diminuiu a marcha, parou. Parou e tentou se desviar do homem. O homem se moveu para a esquerda e, de novo, ficou parado diante da máquina. De novo a máquina se movimentou, de novo o homem com seu corpo a fez parar. E ousou mais o homem. Subiu ao tanque e foi falar ao soldado oculto na carapaça de metal. De nossas poltronas, em todo o mundo, assistimos à cena e nos comovemos.

Pois agora anuncia-se que o homem que parou os tanques vai ser morto (ou já o foi?). Ele tem nome Wang Weilin, e morrerá com seus 19 anos de ousadia. Certamente o matarão como estão matando os outros líderes da manifestação pró-democracia: com um tiro na nuca. E mandarão a conta da bala para sua família, como se faz na China desde há muito.

Esta conta não está sendo mandada apenas para sua família, senão para uma família maior — a dos que lutam pela liberdade e democracia. A conta dessa e de outras balas deve ser paga por todos nós.

Por que não me trouxeram nenhum manifesto para assinar até agora?

Por que as entidades que lutam pelos direitos humanos ainda não organizaram um dia mundial de protesto para dar um basta à barbárie institucionalizada na China?

Por que as praças dos outros países não se enchem de gritos e faixas em defesa desses jovens estudantes que tombam como moscas na China?

Um pouco mais adiante, ali em Paris, e com reproduções em muitas capitais do mundo, estamos celebrando a liberdade e a democracia trazidas pela Revolução Francesa. Fogos de artifício, bailes, discursos e muito marketing para se festejar o passado. Contudo, ali na China a anti-história, a contra-história, destrói o presente e o futuro de milhões.

Penso nesse jovem de 19 anos que vai morrer com uma bala na nuca.

Ter feito um gesto, de repente, deu sentido à sua vida, ainda que tão curta. Se tivesse vivido 80 anos colhendo arroz numa província qualquer teria apenas dado um exemplo da inútil pacificidade.

Uma coisa, por isto, me inquieta. Como, por que e quando um homem se destaca da multidão? Como, por que e quando um corpo se destaca do anonimato e faz história?

Tivesse se atrasado 15 minutos, tivesse tomado uma outra rua naquele dia, talvez não tivesse, com seu frágil corpo, desafiado o maior exército da Terra.

Mas quando decidiu com seu desprovido e poderoso corpo pôr-se à frente dos tanques estava pronto para morrer. Como, aliás, aqueles seis que se deitaram nos trilhos em Xangai e foram destroçados pelo trem da contra-história.

Certos gestos o homem faz sem saber que os gestos é que o farão.

Os carrascos não sabem. Todos os carrascos se iludem. Uns se dizem: estou apenas cumprindo minha função. Outros afirmam: sou o zelador da história. Como se houvesse só uma história, a deles.

Os carrascos não sabem história. Disparando um tiro na nuca, dependurando na forca um corpo ou decepando na guilhotina uma cabeça, outra vez e sempre estarão fazendo o contragesto que sublimará o gesto alheio. Malditos carrascos. Benditos carrascos. Eles pensam que estão abatendo um corpo inimigo. *Estão construindo a aura de um herói.* Eles pensam que estão apagando uma vida indigna. *Estão criando um mito.* Então, repito. Tem 19 anos. Chama-se Wang Weilin e vai morrer o jovem que com seu corpo desarmado paralisou uma fileira de tanques e deixou o mundo perplexo com sua coragem.

Amanhã seu nome será praça, avenida ou monumento. Por ora é apenas uma poça de sangue e esperança em nossas consciências.

DE MISTÉRIOS GOZOSOS

# CASADA, AMANDO OUTRO

Aquela mulher ali, em meio a esta reunião social, tem um amante. Amante: palavra que já derramou sangue e até os anos 30 era proibida nos palcos brasileiros, conforme revelou, há tempos, Procópio Ferreira. Mas o que me leva a achar que ela tem um amante, se não sou seu marido, não sou sua melhor amiga e, a rigor, a estou vendo pela primeira vez?

Talvez seja isto: quando as pessoas estão amando, os outros percebem. Aliás, quando estão desamando também. Certa vez vi uma amiga atravessar a avenida Atlântica às três horas da tarde e dirigir-se a um cinema, que hoje não existe mais. Não sei se era o jeito de ela ir sozinha, havia nela alguma coisa que me fez chegar em casa e comentar: acho que fulana está se separando. Daí a dias veio a confirmação.

Uma vez uma amiga me disse: "Antes que eu soubesse que estava grávida, percebi que algo amoravelmente diferente acontecia comigo: os homens me observavam mais e até me cantavam."

É que uma mulher amada é uma fêmea que se denuncia e alicia outros amores entre os machos na campina.

Deve ser isto: para mim, aquela mulher ali no terraço, nesta festa ao entardecer, está exalando amor, um secreto e doce amor. Se alguém encostar o ouvido nas paredes de sua alma, ouvirá que ela canta. Há alguns meses já não é a mesma. Uma parte do mundo se acrescentou a ela. De algum modo ainda está perplexa com a situação, mas não chega a estar ansiosa. O que a intriga, por outro lado, é que de algum modo também ama seu marido, ou, pelo menos, não pensa em separar-se nem em afastar-se dos filhos. Se um anjo do Senhor com uma espada baixasse dos céus e lhe dissesse: "Escolhei aquele com quem deveis ficar", seria um suplício, pois, no fundo, ela sabe que são coisas diferentes. E necessárias. "Por favor, Senhor" — ela vai rezando enquanto se dirige ao balcão e olha o mar —, "não me obrigueis a esse esfacelamento, ensinai-me antes a coabitar com minha ambígua felicidade."

Não me perguntem como, quando, onde ela se encontrou com o amante a primeira vez. Se foi após uma reunião de trabalho, durante um congresso ou às três horas da tarde num motel. O fato é que aconteceu depois de um misterioso desenrolar de vontades e curiosidades. Foi estranho voltar para casa naquele dia. E também nos outros. Mas naquela primeira vez, sobretudo. Já não era a mesma pessoa, e a casa parecia a mesma. Não, a casa também já não era a mesma: os móveis e os objetos a olharam diferentemente: ela era uma mulher acrescida de algo indizível.

Havia qualquer coisa de culpa, é claro. Como evitar isto que nossa cultura cultiva furiosamente há milhares de anos, maldições e assassinatos? Mas o que era consciência culposa aos poucos se transformou numa culpa corajosa.

No primeiro encontro acabou dizendo, não sabe se para si ou para ele: "Sabe, é a primeira vez que me acontece isto desde que me casei." E ela dizia isto como se desse um presente inadiável. Ela dizia isto com um desamparo tocante, como se fosse um frágil objeto que ao outro caberia proteger.

Foi seu marido que se tornou menos interessante? Teria ele se interessado por outras e com isto começaram a se afastar sem se perceber? O que diziam esses livros ou manuais sobre o amor? O que aconselham? Como justificar-se e não se achar um bicho de duas cabeças, animal de três pernas?

Lembrou-se de uma, de várias amigas que lhe contaram casos de amor que lhes aconteceram em pleno casamento. Algumas falavam disto como se tivessem sido acidentadas. Outras como se tivessem visto um arcanjo. Lembra que, de uma amiga, chegou a avistar o amante, e vendo-o, assim cruamente passando burguesmente na rua, não entendeu o porquê do arrebatamento da amiga. Era afinal um sujeito comum, como então despertava tais arroubos na outra?
    A festa vai transcorrendo. Estou passeando pelo passado, presente e futuro dessa mulher sem que ela o saiba. Vai esse amor extemporâneo reaproximá-la do seu marido? É apenas um parêntese poético no prosaico da sua vida?
    Pode parecer estranho, mas há casos em que certos casamentos melhoraram depois desses episódios. Claro, outros desabaram de vez, outros se complicaram ainda mais, mas há casos de casamentos que melhoraram silenciosamente a partir daí. Sei que isto pode soar indecente, amoral ou sei lá o quê, mas não invento nada, apenas constato. É como se o outro tivesse ido lá fora aprender coisas sobre si mesmo. E nessa questão do aprendizado, seja ele escolar ou amoroso, a gente não aprende necessariamente aquilo que querem nos ensinar, mas aquilo que carecemos aprender.
    Ali está ela. A festa continua, já começa a anoitecer, claro que para nós, não para ela, que está num momento luminoso de sua vida. Num momento também delicadíssimo e sem poder partilhá-lo com quem quer que seja. É que certas travessias têm que ser feitas a sós. E são elas que dão sentido à vida, ainda que provisoriamente.

# MISTÉRIOS GOZOSOS

Uma coisa especial ocorre com a mulher depois que ama. Reparem, estou dizendo, depois que ama. Não estou me referindo a ela enquanto está no ato do amor. Disto se pode falar também, e a literatura a partir do romantismo e depois o cinema, modernamente, já tentaram de várias formas simular na relação amorosa como a mulher suspira, se contorce, desliza as mãos e entreabre a boca do corpo e da alma.

Mas, quando digo "depois que ama", refiro-me ao estado de graça que a envolve após o gozo ou gozos, e que perdura horas e horas e às vezes dias. Fica macia que nem gata aos pés do dono. Mais que gata, uma pantera doce e íntima. Sua alma fica lisinha, sem qualquer ruga. A vida não transcorre mais a contrapelo. Desliza. Ela tem vontade de conversar com as flores, com os pássaros, com o vento. Sobretudo, descobre outro ritmo em sua carne. É tempo do adágio, de calma e fruição. Nesse período, aliás, o tempo para. Em estado de graça ela se desinteressa do calendário. O cotidiano já não a oprime. As tarefas da casa, pesadas em outras ocasiões, tornam-se leves, os compromissos mais enjoados podem ser acertados, as tragédias dos jornais já não lhe dizem tanto respeito. O trabalho no escritório torna-se leve, pode ser feito quase cantando.

Algumas desenvolvem uma súbita necessidade de tecer, outras de aninhar. Querem bordar, costurar, arrumar coisas na casa, entram em clima de nidificação. É a hora de uma ociosidade amorosa. Outras querem presentear o amado e o mundo com pratos sutilíssimos e saborosos. O fato é que a mulher nessa atmosfera sai do trivial, se angeliza e, glorificada, pervaga pela casa. O homem, animal desatento, às vezes não se dá conta. Em geral, nunca se dá conta. Ou dá-se conta nos primeiros minutos após o ato de amor, e depois se deixa levar pela trivialidade, deixando-a solitária em sua felicidade clandestina.

Na verdade, ela sobrepaira ao tempo, está adejando em torno do amado, que deveria suspender tudo para sentir desenhar-se em torno de si esse balé de ternuras. Deveria o homem avisar ao escritório: hoje não posso ir, estou assistindo à reverberação do amor naquela que amo. E como isto se assemelha à floração rara de certas plantas, os amados deveriam interromper tudo: seus negócios e almoços e ficar ali, prostrados, diante da que celebra nela o que ele ajudou a deslanchar.

Já vi algumas mulheres assim. Era capaz de pressentir a 115 metros que elas estavam levitando de tanto amor que seus amados nelas desataram. Há uma coisa grave na mulher que foi ao clímax de si mesma. Que não esteja distraído o parceiro ou parceira. Ela tem mesmo um perfume diverso das demais. É um cio diferente. É quando a mulher descerra em si o que tem de visceralmente fêmea, fêmea tranquila que, mais que possuída, possui algo que atingiu raramente. As outras mulheres percebem isto e a invejam. Os machos farejam e se perturbam. É como se estivessem num patamar seguro a se contemplar. É quase parecido a quando a mulher vive a maternidade. Mas aqui é ainda diferente, porque na maternidade existe algo concreto se movimentando dentro dela. Contudo, nessa atmosfera que se segue a uma epifânica sessão de amor, é diverso, porque ela está acariciando uma imponderável felicidade.

Estou falando de uma coisa que os homens não experimentam assim. O gozo masculino é mais pontual e parece se exaurir pouco depois do próprio ato. Só os escolhidos, os de alma feminina, vez por outra, o sentem prolongar-se dentro de si. Mas, em geral, é diferente. Terminado o ato, uns até rolam para o lado e dormem como se tivessem tirado um fardo do ombro, outros acendem o cigarro, vestem suas ansiedades e voltam ao trabalho.

É constatável, no entanto, que o homem apaixonado também transmite força, alegria, energia. Ele oscila entre Alexandre, o Grande, e o artista que chegou ao sucesso. Também brilha. Mas é diferente. E não é disto que estou falando, senão do gozo feminino que não se esgota no gozo e se derrama em gestos e atenções por horas e dias a fio.

Freud andou várias vezes errando sobre as mulheres e, por exemplo, colocou equivocadamente aquela questão de que a mulher teria inveja do homem por ser este um animal fálico etc.

Convenhamos: inveja têm (e deveriam ter) os homens quando prestam atenção no fenômeno que ocorre com as mulheres, que ao serem amadas atingem o luminoso êxtase de si mesmas, como se tivessem rompido uma escala de medição trivial para lá da barreira dos gemidos e amorosos alaridos.

É isto: quando a mulher foi amada e bem amada, ela ingressa nessa atmosfera sagrada, cuja descrição se aproxima daquilo que as santas extáticas descreveram. Uma aura de mistério as envolve. E isto, por não ser muito trivial, por não ser nada profano, talvez se assemelhe aos mistérios gozosos de que muitos místicos falaram.

## QUANDO AS FILHAS MUDAM

Um dia elas crescem e se mudam, as filhas. Os filhos também. Mas com as filhas é diferente. Sobretudo se vão morar sozinhas, solteiras.
   Há uma geração, isto era impensável. Aparecia em filme americano, e a gente pensava: lá, tudo bem, a cultura deles é assim.
   Agora isto já apareceu até em novela de televisão aqui. E era uma situação meio ousada até, pois a moça dividia o apartamento com um rapaz sem que ele fosse seu namorado. Eram apenas amigos, dividiam os gastos, tinham lá seus amores separados e coabitavam como dois irmãos.
   No entanto, filha sair de casa para ir, solteira, morar sozinha, é um ritual delicadíssimo.
   Hoje os pais já compreendem que isto faz parte do crescimento da adolescente. As pessoas já não saem mais de casa para, necessariamente, se casar, senão para viver a própria vida. E essa saída é bem diferente do que era quando a moça só saía da proteção do pai para a do noivo. Naquele tempo o processo de desligamento, ou doação da filha ao mundo, era longo e progressivo. Primeiro o flerte, o namoro, o namoro no portão, o namoro na sala, o noivado e, enfim, as bodas. E assim iam todos se preparando gradativamente para a meiose da família.
   Hoje a garota adolescente se libera sexualmente mais cedo e começa a pensar na profissão sem que o casamento seja a finalidade última de sua vida. Os pais tiveram que se adaptar a isto. Mas ir morar sozinha também é um ritual. E um ritual delicadíssimo.

A menina adolescente que nas horas de birra virava-se para a família e alertava, "um dia vou morar sozinha", "um dia saio dessa casa!", de repente vê-se com o pé na soleira para sair do abrigo. E aí estremece e pode até chorar. Porque já não quer sair. Agora que pode e prepara-se para sair, não quer, embora queira (e deva) sair. Parece um passarinho na boca do ninho. Põe a cabecinha para fora, olha para cá, para lá, quer dar seu voo inaugural, mas ainda vacila.

No seu quarto, sozinha, olha seus móveis, a segurança da casa dos pais e fica triste como se estivesse num navio que se afasta do cais.

É possível que tenha escrito algumas palavras sentidas no seu diário.

Certamente falou disto para as amigas ao telefone e no bar. Com elas talvez tenha revelado só a parte corajosa e adulta de seu gesto.

Falou também para o analista. Com ele "elaborou" a saída, a perda.

Os pais também, entre eles, fizeram esse exercício de separação. Sozinhos, conversando no banheiro, no quarto ou no carro rumo à casa de campo, repassaram a situação da filha. Vão sentir falta. Imaginam o quarto vazio, a ausência dos ruídos. Cada filho tem seus gestos e ruídos próprios. O modo de abrir a porta, a televisão ligada alto, as músicas no quarto, o telefone insistente dos amigos chamando para festas.

Se os pais facilitarem, vão começar a chorar. Pois, afinal, viram aquela criaturinha crescer em meio a fraldas, baldes de areia na praia, maternal, lápis de cor, primeira bicicleta, brinquedos no playground, o deslumbramento na Disneylândia, as peças infantis, os desenhos animados, as festas de aniversário com brigadeiro, bolas de soprar... e, de repente, lá se vai a menina, se dizendo adulta, morar sozinha.

\* \* \*

É delicado. Delicadíssimo.
A filha olha a irmã ou irmão menor e recrudesce no ciúme final: vai deixar os pais inteiramente para ele ou ela. Vacila. Se arrepende de ter querido mudar. Está se sentindo órfã.
Pai e mãe percebem e um ou outro fala com ela, acaricia-a dizendo: "Se você quiser não precisa ir, pode ficar o quanto quiser." Mas a filha sabe que tem que ir e se diz: "tenho que ir", "tenho que crescer" e olha as malas prontas.
Na verdade, é aconselhável que a mudança seja lenta. Não há pressa. Não adianta pensar: tenho que fazer isto rápido para não sentir muita dor. É melhor ir devagar, descobrindo o próprio ritmo da mudança. É como certos amores que devem se desfazer. Os amantes têm que ter uma delicada perícia para não sangrarem além do suportável.
Por isto, é bom que os pais participem desse ritual com igual delicadeza, que saiam de vez em quando com a filha e comprem um objeto aqui; outro ali e o façam em companhia da que se mudará. E bom que juntos visitem o apartamento que abrigará a filha, que coloquem ali alguma ternura além dos móveis. Se puderem pintar juntos alguma coisa, consertar, montar, isto terá o sabor da construção e ajudará no rito de passagem.
Os filhos crescem. E os pais também. Essa separação não é perda, é desdobramento. Como as árvores que necessitam de distância para poder expandir seus galhos sem se engalfinhar num emaranhado de ramos e raízes que acabam enfraquecendo-se mutuamente, filhos necessitam se afastar para ter a real dimensão de si mesmos e de seus pais.
E a distância, paradoxalmente, podem acabar se sentindo mais ligados e amados do que nunca. São ciclos da vida. E cada ciclo deve ser vivido intensamente. As mudanças, embora difíceis, quando assumidas sadiamente, são um momento de enriquecimento da vida.

# VELHO OLHANDO O MAR

Meu carro para numa esquina da praia de Copacabana às 9:30 e vejo um velho vestido de branco numa cadeira de rodas olhando o mar a distância. Por ele passam pernas portentosas, reluzentes cabeleiras adolescentes e os bíceps de jovens surfistas. Mas ele permanece sentado olhando o mar a distância. Uma mulher ao seu lado, parecendo enfermeira ou parente mais jovem, ajeita-lhe o cabelo, conserta suavemente uma dobra de sua roupa. É um velho, pensei, um velho olhando o mar. O carro continua parado, o sinal fechado e o estupendo calor da vida batia de frente sobre mim. Tudo em torno era uma ávida solicitação dos sentidos. Por isto, paradoxalmente, fixei-me por um instante naquele corpo que parecia ancorado do outro lado das coisas. E sem fazer qualquer esforço comecei a imaginá-lo quando jovem. É um exercício estranho esse de começar a remoçar um corpo na imaginação, injetar movimento e desejo nos seus músculos, acelerando nele, de novo, a avareza de viver cada instante.

A gente tem a leviandade de achar que os velhos nasceram velhos, que estão ali apenas para assistir ao nosso crescimento. Me lembro que, menino, ao ver um velho parente relatar fatos de sua juventude, tinha sempre a sensação de que ele estava inventando uma estória para me convencer de alguma coisa.

No entanto, aquele velho que vejo na esquina da praia de Copacabana deve ter sido jovem algum dia, em alguma outra praia, nos braços de algum amor, bebendo e farreando irresponsavelmente e achando que o estoque da vida era ilimitado.

Teria ele algum desejo ao olhar as coxas das banhistas que passam? Olhando alguma delas teria se posto a lembrar de outros corpos que conheceu? Os que por ele passam poderiam supor que ele fazia maravilhas na cama ou nas pistas de dança?

Me lembra ter lido em algum lugar que o inconsciente não tem idade. Ah, sim, foi no livro de Simone de Beauvoir sobre a velhice. E ali ela também apresentava uma estatística segundo a qual, por volta dos 60 anos, poucos se declaram velhos; depois dos 80 anos, só 53% se consideram velhos, 36% acham que são de meia-idade e 11% se julgam jovens.

Não sei por quê, mas toda vez que vejo um senhor de cabelos brancos andando pela praia penso que ele é um almirante aposentado. Às vezes, concedo e admiro que ele pode ser também da aeronáutica. Por causa disto, durante muito tempo, vendo esses senhores passeando pela areia e calçada, sempre achava que toda a marinha e aeronáutica haviam se aposentado entre Leblon e Copacabana.

Mas esses senhores de short e boné branco, que passam às vezes em dupla pelo calçadão, são mais atléticos que aquele que denominei de velho e, sentado na cadeira, olha o mar.

Ele está ali, eu no meu carro, e me dou conta de que um número crescente de amigos e conhecidos tem me pronunciado a palavra "aposentadoria" ultimamente. Isto é uma síndrome grave. Em breve estarei cercado de aposentados e forçosamente me aposentarão. Então, imagino, vou passear de short branco e boné pelo calçadão da praia, fingindo ser um almirante aposentado, aproveitando o sol mais ameno das 9:30 até cair sentado numa cadeira e ficar olhando o mar.

Me lembra ter lido naquele estudo de Simone de Beauvoir sobre a velhice algo neste sentido: "Morrer, prematuramente, ou envelhecer: não há outra alternativa." E entretanto, como escreveu Goethe: "A idade apodera-se de nós de surpresa." Cada um é, para si mesmo, o sujeito único, e muitas vezes nos espantamos quando o destino comum se torna o nosso: doença, ruptura, luto. Lembro-me do meu assombro quando, seriamente doente pela primeira vez na vida, eu me dizia: "Essa mulher que está sendo transportada numa padiola sou eu." Entretanto, os acidentes contingentes integram-se facilmente à nossa história, porque nos atingem em nossa singularidade: velhice é um destino, e quando ela se apodera da nossa própria vida, deixa-nos estupefatos. "O que se passou então? A vida, e eu estou velho", escreve Aragon.

Meu carro, no entanto, continua parado no sinal da praia de Copacabana. O carro apenas, porque a imaginação, entre o sinal vermelho e o verde, viajou intensamente. Vou ter de deixar ali o velho e sua acompanhante olhando o mar por mim. Vou viver a vida por ele, me iludir de que no escritório transformo o mundo com telefonemas, projetos e papéis. Um dia talvez esteja naquela cadeira olhando o mar a distância, a vida distante.

Mas que ao olhar para dentro eu tenha muito que rever e contemplar. Neste caso não me importarei que o moço que estiver no seu carro parado no sinal imagine coisas sobre mim. Estarei olhando o mar, o mar interior, e terei navegantes alegrias que nenhum passante compreenderá.

# O INCÊNDIO DE CADA UM

A cena foi simples. Ia eu passando de carro pela Lagoa quando vi na calçada uma moça esperando o ônibus com seu jeans e bolsa a tiracolo. Nada de mais numa moça esperando o ônibus. Mas eis que passou um caminhão de som tocando uma lambada. Aí aconteceu. Aconteceu uma coisa quase imperceptível, mas aconteceu: os quadris da moça começaram a se mexer num ritmo aliciante. Já não era a mesma criatura antes estática, solitária, esperando o ônibus na calçada. Ela havia se coberto de graça, algo nela se incendiara.
  A fotógrafa veio fazer umas fotos. Estava com o pescoço envolto num pano, pois tinha torcicolo. E eu ali posando meio frio, fingindo naturalidade, e ela cautelosa com seu pescoço meio duro, tirando uma foto aqui, outra ali, quase burocraticamente. De repente ela descobriu um ângulo, e pronto: se incendiou profissionalmente, jogou-se no chão, clic daqui, clic dali, vira para cá, vira para lá, este ângulo, aquele, enfim, desabrochou, o pescoço já não doía. Ela havia detonado em si o que mais profundamente ela era.
  Estamos numa festa. Aquele bate-papo no meio daquelas comidinhas e bebidinhas. Mas de repente alguém insiste para que outro toque violão. Aparentemente a contragosto ela pega o instrumento. E começa a dedilhar. Pronto, virou outra pessoa. Manifestou-se. Elevou-se acima dos demais, está além da banalidade de cada um. Achou o seu lugar em si mesmo.
  Assim também ocorre quando vemos no palco o cantor dar seus agudos invejáveis, o bailarino dar seus sal-

tos ou o atleta no campo disparar seus músculos e fazer aquilo que só ele pode fazer melhor que todos nós. Isto é o que ocorre quando o instrumentista pega o sax e sexualiza todo o ambiente com seu som cavernoso e erótico. Isto é o que se dá até quando um conferencista ou um professor entreabre o seu discurso e põe-se como uma sereia a seduzir a plateia, como um maestro seduz todo o teatro.

Há um momento de sedução típico de cada um. Quando o indivíduo está assentado no que lhe é mais próprio e natural. E isto encanta.

Claro, esses são exemplos até esperados. Mas há outros modos de o corpo de uma pessoa embandeirar-se como se tivesse achado o seu jeito único e melhor de ser. Digo, o corpo e a alma.

Mas nem todos podemos ser tão espetaculares. Nem por isso o pequeno acontecimento é menos comovente.

De que estou falando? De algo simples e igualmente comovente. Por exemplo: o jardineiro que ao ser jardineiro é jardineiro como só o jardineiro sabe e pode ser. E que ao falar das flores, ao exibi-las cercadas de palavras, percebe-se, ele está em transe. Igualmente o especialista em vinhos, que ao explicar os diversos sabores nos quatro cantos da boca faz seus olhos verterem prazer e embalam a quem o ouve com sua dionisíaca sabedoria.

Feita com amor, até uma coleção de selos se magnifica. Se torna mais imponente que uma pirâmide se a pirâmide for descrita ou feita por quem não a ama. É assim que pode entrar pela sala alguém e servir um cafezinho, mas sendo aquele o cafezinho onde ela põe sua alma, ela se torna de uma luminosidade invejável.

Cada um tem um momento, um gesto, um ato em que se individualiza e brilha. Nisto nos parecemos com os animais e peixes ou quem sabe com as nuvens. Animais e peixes têm isto: têm trejeitos raros e sedutores, cada um segundo sua espécie. Até as nuvens, como eu dizia, têm seu momento de glória.

Uma vez vi um pintor em plena ação, pintando. Meu Deus! O homem era um incêndio só, uma alucinação. Sua respiração disparou, ele praticamente bufava, parecia mais um cavalo de corrida, indômito, indócil. E sua face vibrava, havia uma febre nos seus gestos. Era uma erupção cromática, um assomo de formas e volumes.
Então é disso que estou falando. Dessa coisa simples e única, quando o que cada um tem de mais seu relampeja a olhos vistos. Quando isto se dá quebra-se a monotonia e o indivíduo se transcendentaliza.
Pode parecer absurdo, mas já vi uma secretária transcendentalizar-se ao disparar seus dedos no teclado da máquina de escrever. Era uma virtuose como só o melhor violinista ou pianista sabem ser. E as pessoas achavam isto mais sensacional que se ela estivesse engolindo fogo na esquina.
Isto é o que importa: o incêndio de cada um. Cada qual deve ter um jeito de deflagrar sua luz aprisionada. As flores fazem isto sem esforço. Igualmente os pássaros. Todos têm seu momento de revelação. É aguardar, que o outro alguma hora vai se manifestar.

## DUAS HORAS OLHANDO O MAR

Ficar assim à beira-mar marulhando a alma. Um dia, fiz isto; passei duas horas sobre as pedras do Arpoador marulhando o corpo, maravilhando a alma. Duas horas, direis, é muito tempo. Se estivesse aplicando em ações, quanto poderia ter ganho? Se estivesse construindo uma casa, quantos tijolos poderia ter erguido? Se estivesse plantando sementes no campo, quantos frutos colheria?
E, no entanto, passei duas horas à beira-mar apenas marulhando a alma. Do outro lado, o mundo, o mundo urgia velocidades, buzinas, papéis nos escritórios, aflições ao telefone e decomposições hospitalares.
Mas eu o ignorava.
Minh'alma estava ali apenas, olhando as ondas e marulhando silêncios. Digo minh'alma, como os antigos, porque ocorreu uma fusão anímica e sonora: eu era a pedra, eu era o mar; três coisas numa só.
Às vezes, é necessário fazer isso. Nem todos têm coragem, é claro. Acham que é mais corajoso estar sempre fazendo alguma coisa útil. Acham que, se não estiverem apertando um parafuso, a máquina não funcionará; que se não estiverem costurando, bordando, remendando o mundo, o mundo ficará inacabado. No entanto, eu lhes garanto, se tirarmos os ombros, o mundo não desabará.
É preciso muita coragem para, de repente, não fazer nada; ficar duas horas contemplando o mar é a suprema audácia. Sabiam já os antigos que o mar contém seres fabulosos e ingovernáveis, que o mar é um dragão, o mar

exterior, o mar interior. É preciso ter têmpera de pedra e ficar ali ante as baforadas de suas ondas e espumas, sem tremer, sem regatear.
Sei que isso às vezes ocorre quando a gente está muito triste. (Não foi o caso.) Quando uma melancolia qualquer, uma sem saída cinzenta desaba como um nevoeiro sobre a alma da gente, aí saímos por aí vagando, perambulando, a dar com a cabeça no vento, arrastando invisíveis bolas de chumbo.

Não foi o caso.
Joguei ao mar duas horas de minha vida com uma tranquilidade absurda. Quase como se eu devesse um encontro ou tivesse que restituir alguma coisa a alguém. Restituir, não ao mar, percebo, senão a mim mesmo.
Simplesmente olhava em torno, mas não via o que eu via. Adiante, não via um casal deitado na pedra se beijando. Mais abaixo, não via três moças americanas guiadas por uma brasileira, conversando e olhando um ou outro macho tropical que ante elas se exibia mergulhando das pedras sobre o mesmo mar que nos cercava. Do outro lado, não via um homossexual, como um gamo de orelhas em pé, na campina, atento a qualquer chamado. Não via também os barcos que no horizonte via.
Aos poucos via que ia me fundindo ou confundindo com a pedra em que me assentava e que o mar não era senão uma extensão de meu sangue nesse vai e vem ritmado e obsessivo. Não sei se era a pedra que se humanizava ou se era o mar que se corporificava.
Nunca fui tão crustáceo em toda minha vida.
Sim, um mexilhão, uma ostra, um ser daqueles que se agarram à pedra e à água e não se afogam. Não, o silêncio não me afogava. O azul me tripulava. Eu era um peixe na pedra. Eu era um homem de água. Eu era uma onda parada.
As seitas orientais devem ter algum exercício de concentração por meio do qual isso ocorre. Me disseram

que, mesmo nas altas neves do Himalaia, um monge, embora nu, pode aquecer-se concentrando-se no próprio umbigo. Possivelmente estava no umbigo de alguma coisa. Do mundo, de mim. O fato é que estava imensamente fora de mim, integrado no todo, e nem sei se pensava. Simplesmente sentia e, possivelmente, fui feliz.

Aquelas duas horas inteiras foram as mais úteis de quantas apliquei ao nada.

Aplicar-se ao nada, sinal de humilde sabedoria.

Certa vez, li que o homem somente entenderia o "tudo" depois que exausto e falido diante desse "tudo" começasse a construir o "nada". Esta não é uma frase que se entende assim de uma hora para outra. Por isso, quem não a entender agora, guarde-a para o futuro, que o nada do tudo florescerá.

Ficar marulhando a alma à beira-mar maravilhada, eu lhes digo, é um ritual, às vezes, urgente e necessário. Nenhum ganho a isto se equipara. Voltamos para casa acrescentados. Como o marinheiro que volta com seu barco para casa. Como o pescador que volta com seus peixes, invisíveis, é claro, mas que vão me alimentar.

# O ESCRITOR, O LEITOR

O escritor é aquele que escreve o texto que ninguém escreveu por ele. Pudesse não escrever, ficar só lendo o que já está escrito, o escritor talvez se realizasse mais. Encontraria já pronto, inteiriço, o texto procurado e se dispensaria de tanto sofrimento, das ameaças de fracasso quando se põe a escrever.
Entendam-me: estou quase dizendo que o escritor é aquele que escreve por carência. Mas não posso dizer isto, porque a maioria dos carentes não escreve. E a carência do escritor, se eu disser que ele a tem, é diferente. O escritor, então, é o que escreve por uma abundante carência. Carência, repito, de ler aquilo que ele precisava ler e ninguém ousou escrever por ele. Então, desamparado, ele diz: vou correr meu próprio risco. Vou ter que inventar minha própria escrita. E arranca de si o inexistente espelho.
Assim, o escritor é aquele que emerge da precariedade. Precariedade dos textos que lhe são apresentados. É como se, entre ele e os textos que lhe são trazidos, dissesse: há uma falácia, falta algo que eu não sei, mas vou ter que completar.
Nisto, é como qualquer artista ou artesão. O mundo, como está, não lhe basta. Falta-lhe algo. Por isso, o artista planta aqui e ali uma escultura, desenha aqui e ali um quadro, ergue aqui e ali um edifício, dança, porque os gestos cotidianos não lhe bastam, compõe uma música para compensar o silêncio em torno.
O escritor é um leitor precavido. O escritor é um pré-leitor. Pode ser também um leitor pervertido.

Que inveja, que saudade tem o escritor do leitor puro, aquele que ele nunca poderá ser! Talvez o leitor puro, o leitor que só lê, seja o escritor mais perfeito, o escritor mais feliz, pois é autor gracioso de tudo que lê. Autoriza-se em vários estilos. Escreve-se em vários gêneros. E tem uma vantagem: não tem dúvidas para com a posteridade. Apodera-se de cada texto que lê, torna-se pleno com a plenitude alheia.

Mas tudo que estou dizendo ainda não me fez dizer tudo o que tinha a dizer. De certo modo é como se estivesse querendo ponderar que o escritor é aquele que lê enquanto escreve. Ele lê e escreve ao mesmo tempo. Com uma agravante: não gostando do que está lendo, pode reescrever. Desse trabalho é poupado o leitor puro.

Pode, então, o escritor nascer da leitura. Da leitura do outro, que não da própria leitura. Então, voltamos ao ponto inicial, mas com uma diferença, porque diante do texto alheio há dois tipos de escritores/leitores.

Primeiro o escritor/leitor que é mais leitor que escritor. Nesse caso, o que ele vai instintivamente fazer é reescrever o que está lendo. Ele pensa que está escrevendo. Não está. Está apenas continuando a ler o outro, como se estivesse repetindo um ritmo, uma linguagem de ouvido.

Esses são os escritores da paráfrase. Muitos, aliás, começam assim, e só a muito custo vão se afastando da escrita alheia e achando a sua através de um processo de infidelidade crescente ao original que os originou.

Quando esse desgarramento não ocorre, é que um escritor foi engolido pela escrita do outro, continua a ser mais leitor que autor. Em geral, isto se dá com aqueles que se deixam siderar por outra escrita. Há muitos autores que passam a vida toda tantalizados por outra escrita, e assim vão morrendo como mariposas à luz do fogo.

Às vezes, o descolamento da escrita original se dá por inversão, repulsão imediata, vontade de fazer o contrário, o diferente. E daí vem a síndrome da paródia. É muito salutar, em princípio. Parece-se ao gesto do adolescente que repudia a família, o pai, a origem. Mas aí há um perigo. Corre o risco, o escritor, de ficar a vida inteira apenas nesse gesto adolescente de repulsa ao texto anterior. Mesmo pela negação, continua ligado umbilicalmente à matriz.

Portanto, a coisa é complicada. A imitação pode castrar. A paródia pode enganar.

Já li que o escritor é aquele que inventa seu público, que ensina seu público a lê-lo. Isto faz sentido. Porque o escritor é aquele que aprendeu a se ler para se escrever. Portanto, o aprendizado é de lado a lado.

Haveria na literatura algo parecido com aquilo que Pirandello descreveu? Ou seja: o personagem à procura do autor? Será que o texto sai também à procura do autor que encene a sua paternidade?

Na borda fantástica do espelho literário, essa alucinação é possível. Muitos textos saíram à procura de Borges. Textos existentes e textos inexistentes. Borges ia passando e os textos, cumprindo um mandamento bíblico, iam abandonando pai e mãe, enfim, toda a parentela, para segui-lo. E ele nazarenamente os ia recolhendo, recolhendo seu sermão, da montanha de livros que ia lendo.

Este o exemplo daquele que sendo puro escritor é também puro leitor.

Ideal, enfim, que só os grandes místicos da literatura podem atingir.

# IMPROVISO PARA MOZART

"Mozart ouvia Mozart o tempo todo", disse minha amiga Sofia. Aparentemente isto poderia ser uma tautologia. Tautologia, o que é? Uma repetição desnecessária, óbvia. Mas há certas coisas que só a tautologia inteligente pode dizer. De tudo o que Gertrud Stein fez só ficou essa frase tautológica: "Uma rosa é uma rosa, é uma rosa." Por isto, tem razão o mestre zen invocado por Marcelo Garcia diante de uma flor: "Chega de analogias." Assim como uma rosa é igual a si mesma e nada mais, Mozart ouvia Mozart o tempo todo.
 Alguém pode aduzir: mas Da Vinci pintava Da Vinci o tempo todo. Talvez. Mas Picasso nem sempre pintou Picasso. O próprio Van Gogh começou não pintando Van Gogh, andou copiando as gravuras japonesas, fazendo aqueles quadros realistas de comedores de batata etc. E no dia em que Van Gogh começou a pintar Van Gogh, Van Gogh não suportou, enlouqueceu. Van Gogh era demais para Van Gogh.
 Talvez Mozart fosse demais para Mozart, por isto ele também morreu cedo. Mas o fato de que não precisava ir ao concerto para ouvir Mozart redobra minha inveja. Nós outros, pobres mortais, o que fazemos? Queremos ouvir Mozart, temos que ligar o rádio, colocar o som a funcionar, tentar assoviar uma ária dele. Ou, então, dizemos: "Ontem fui ao Municipal assistir ao *Don Giovanni* de Mozart."
 Mas com Mozart a regência do verbo assistir é diferente. Nele a música se fez carne, portanto, nele o verbo

tem a acepção de morar, residir, e então se pode dizer: o *Don Giovanni* assiste em Mozart.

Por isto, a frase de Sofia me fez, de repente, pensar que Mozart acordava de manhã ouvindo Mozart. E quando caminhava por aquelas ruas de Salzburg era Mozart que ouvia. E quando amava e desamava, e até mesmo quando Salieri o invejava, era a música de Mozart que o salvava. Um pássaro está pousado num galho. Direi: aquele pássaro não voa? O pássaro quando é pássaro, mesmo parado, voa. É como a pedra, que mesmo dentro do rio é pedra. É como a flor, que sendo flor esgota em si toda a possibilidade de não ser flor.

Por isso não me lembro de quando ouvi Mozart pela primeira vez. Acho que sempre o reouvi. Sempre o reconheci, porque Mozart quando surgiu para Mozart, Mozart já o estava aguardando.

Este ano todo mundo está homenageando o compositor, que morreu há duzentos anos. Estamos ouvindo Mozart mais do que nunca. Mas nunca o ouviremos tanto quanto ele próprio o fez.

Deveria, talvez, fazer-lhe um poema, forma mais autêntica de dizer as coisas; nem que fosse um daqueles poeminhas que Manuel Bandeira fazia para Schumann ou Murilo Mendes para o próprio Mozart. Já fui uma vez a Salzburg. Andei por aquelas ruas, entrei na casa em que Mozart vivia, vi ali cenários de óperas e coisas que lembram o prodígio. Andei por aquelas praças e jardins, fui lá em cima naquele castelo, de onde se vê toda a cidade. Dentro de mim Mozart soava o tempo todo como se fora de mim Mozart também soasse.

Não há originalidade alguma nisso. Gostar de Mozart não é virtude. Pecado é não gostar. De Bach, pode-se gostar ou não. Ele é cerebral, matemático demais para certos espíritos, ainda que fizesse a mais musical das matemáticas puras. De Beethoven pode-se apreciar ou não essa ou aquela peça, achar que havia um tormentoso barulho

no seu desvario musical, que por isto tinha lá suas razões para ficar surdo.
	Mas desgostar de Mozart, quem há de? Mozart tem essa vantagem: é generoso. Alguém pode dizer, isto não é atributo necessário ao artista, é característica de fundações de caridade. Não é verdade. A arte que não é generosa é uma arte imperfeita.
	Mozart soa para os outros. Alguns músicos soam para dentro, egoístas. Mozart soa para fora, nele a música entra e sai naturalmente, como a respiração.
	Há artistas assim: a gente fica diante deles ou de sua obra e diz: como é inteligente, como é hábil. Mas o artista nem a obra dão nada para a gente. Só tomam.
	Outros, como Mozart, chegam se expondo, se oferecendo como uma casa, uma paisagem. É a arte para fora, generosa.
	Mozart ouvia Mozart o tempo todo.
	O poeta é poeta quando não está escrevendo?
	O pintor é pintor quando não está pintando?
	O professor é professor quando não está ensinando?
	Mas quando é que o professor não está ensinando?
	Mas quando é que o pintor não está pintando?
	Mas quando é que o poeta não está poetando?
	Mas quando é que Mozart não está mozartiando?
	Como um rio que flui e é rio porque flui suas águas, assim Mozart fluía seus acordes.
	Outro dia estava vendo o belíssimo orquidário do João Carlos de Almeida Braga, lá em Petrópolis. Era beleza demais. E pensei: Mozart tinha orquídeas na alma.
	Mas se uma orquídea é uma orquídea, é uma orquídea, então Mozart é Mozart, é Mozart. Portanto, tem razão Marcelo Garcia ao recitar o mestre zen diante das flores: "Chega de analogias."
	Mozart ouvia Mozart o tempo todo, todo dia.

# RUBEM, O PASSARINHO

Nossa última conversa foi sobre passarinhos. Telefonei há algumas semanas para Rubem Braga para conversar sobre um ninho de bem-te-vi que os céus fizeram surgir no meu terraço. E eu queria participar da construção do ninho, facilitar a alimentação do casal de aves para que eles não se esfalfassem tanto indo e vindo na construção de sua casa. Então telefonei ao Rubem. A cobertura dele era ali, ao lado da minha. Ele me disse uma vez que, deitado em sua cama, podia ver refletido num espelho o meu apartamento. Ele estava ali a um voo de pássaro. Então liguei e comecei a falar sobre meus bem-te-vis. Me lembro de que quando trabalhei com ele no Conselho Consultivo na Francisco Alves ele insistia em edições sobre pássaros. Conhecia pássaros com uma intimidade infantil e era capaz de dissertar sobre qualquer um deles como um dos especialistas da feira de São Cristóvão.

Mas isto era uma desculpa. Eu não queria falar só sobre bem-te-vis. Queria saber de sua saúde, pois desde que há alguns meses Tônia Carrero me disse que ele estava com câncer na garganta, e não queria se tratar, nos preocupamos todos.

Mas comecei falando de bem-te-vi mesmo. E foi falar em ave, ele se desempenou todo e pôs-se, falante, a decantar a vida dos pássaros... Falou-me do que gostavam de comer e sobretudo falou-me da ferocidade desse tipo de pássaro. Com efeito, há dias um pedreiro, aqui, havia subido ao telhado para fazer um reparo nas telhas e o casal de bem-te-vis ficou tão furiosamente voando em torno dele e insultando-o com trinados cheios de palavrões que o homem se afastou assustado.

Depois de falar de bem-te-vis, cheguei ao assunto da doença com Rubem. Os amigos todos achavam que ele devia se tratar, que aquele tipo de câncer às vezes tem cura. Falei, insisti mansamente, mas ele resistia. Alegou que poderia perder a voz. Disse-lhe:

— Mas você nunca foi homem de falar muito, Rubem! Além do mais, você não é cantor, é escritor. Cantor é que precisa de voz.

No dia seguinte ele mandou-me uma foto de minha cobertura tirada lá da sua e um livro sobre pássaros para que eu me orientasse quanto aos bem-te-vis da vida.

O mais curioso é que quando comecei a conversa sobre os bem-te-vis, por um ato falho, que Freud nem precisava explicar, em vez de dizer que estava com um casal de bem-te-vis hospedado no meu terraço, disse-lhe que estava com um casal de sabiás. É claro. Falando com o "sabiá" da crônica, uma palavra pousou no galho da outra. Só no meio da conversa é que me dei conta e corrigi.

Daí a dias, Fábio Lucas lá de São Paulo me lembra que talvez a gente convencesse Rubem a se tratar lembrando-lhe que Murilo Rubião passou por isto e está lépido e fagueiro lá em Belo Horizonte. Falei com Otto e ele me disse que o próprio Rubião já telefonara para Rubem e ele continuava irremovível.

Acredito que ele não queria prolongar o calvário e que julgasse que a natureza tem lá suas razões. Nas últimas vezes que falamos ao telefone ouvia um chiado vindo de seus pulmões, mas a conversa era sempre digna.

Sobre Rubem Braga existem histórias curiosíssimas. Os amigos as irão contando aos poucos. Todos sabiam que ele era meio esquisito ao telefone. Ligava, ia conversando, falando as coisas e, de repente, achando que já tinha dito e ouvido o que queria, se despedia abruptamente, deixando o outro no ar.

Era um econômico em termos de palavras. Aí está a explicação melhor para o seu estilo. Quem com ele convivia teve que aprender a conversar com ele ao seu modo. Ou seja: ele não falava em linha reta. Fazia grandes silêncios, ficava com o ar de que não estava nem ali e, de repente, soltava uma frase que arrematava ironicamente tudo.

Ele não chegou a ter uma das mais belas prosas da língua portuguesa através de um trabalho suado como o de Machado. Estou convencido de que ele escrevia como falava. Ou seja: expressava só o fundamental. Nesse sentido, escrever não era exatamente esse trabalho de desbastar florestas de palavras, mas a arte de colher os gravetos essenciais para o fogo.

Por isto a gente ia lendo seus textos como se nada estivesse acontecendo e levava aquele choque lírico. Muitas vezes abri (e abrirei) seus livros para ver como o danado utilizava a crônica.

Mas não poderei mais conversar com ele sobre passarinhos eventuais que queiram aninhar-se junto a mim. Ainda agora acabei de ouvir o canto do casal de bem-te-vis que está construindo uma segunda ninhada no terraço. Eles acabaram de sobrevoar a cobertura de Rubem, lançaram um grito estridente no azul e pousaram entre as flores. Eles cantam, mas estão perplexos. Eles sabem que perderam um irmão, o grande cantor que rompia as manhãs com os trinados de suas crônicas.

# UBI SUNT?

Ontem, Dia dos Mortos, algumas imagens me vieram à mente.
 Vejo Hélio Pellegrino ora discursando com os estudantes em 68 ora erguendo voz e gestos num seminário sobre o desejo e o poder.
 Alfredo Machado acaba de chegar de Frankfurt e lança novos best-sellers além de Fernando Sabino.
 Murilo Rubião senta-se no bar Lua Nova, em Belo Horizonte, depois de fazer mais um número do Suplemento Literário de Minas Gerais.
 Oduvaldo Viana Filho está ali agitado dentro da UNE preparando mais um espetáculo do CPC, improvisando alegremente, com Armando Costa, música, teatro e revolução.
 Vou de ônibus pela rua principal de Berlim e vejo José Guilherme Merquior parado diante da vitrine de uma livraria, e desço para conversarmos.
 Oswaldo França Jr. aparece no Hotel Normandy, em Belo Horizonte, com seu porte atlético e sua narrativa simples para conversar e beber.
 Walmyr Ayala, sempre gentil, telefona para falar de uma exposição e enviar seu livro de poesia.
 Paulo Mendes Campos, de bermuda, cruza a Ataulfo de Paiva tragando o cigarro e se dirigindo a um bar.
 Aurélio Buarque de Hollanda, nesse jantar em que há vários escritores, conta uma de suas piadas autoirônicas.
 Murilo Mendes acabou de adentrar pela porta do meu apartamento para um jantar com um pequeno grupo de mineiros. Há um som de Mozart no ar.

Nava, num seminário sobre criação literária na PUC, mostra os papéis e cadernos onde rascunha sua obra monumental.

Osman Lins está martelando caranguejos naquele restaurante da praia de Aracaju depois de uma conferência sobre sua obra.

Marc Berkoviks, com seu cachimbo, comenta, nesse vernissage, a delicadeza da paisagem carioca pintada por artistas do século passado.

Emeric Marcier mostra-me um quadro e coloca no toca-discos a *Paixão segundo São João*, de Bach.

Emílio Moura, o mais etéreo dos poetas modernos mineiros, está saindo do prédio da Faculdade de Ciências Econômicas, onde dá aula. Na esquina passa o poeta Bueno Rivera, com uma pasta sob o braço coletando anúncio para o *Guia Rivera*. Adiante, Henriqueta Lisboa espera o ônibus Santo Antônio.

José Carlos de Oliveira está ali sentado na varanda do Antônio's, sozinho com seus fantasmas crônicos.

Leila Diniz, rindo e de maiô, está com amigos naquele bar da Montenegro em frente ao meu apartamento.

Nelson Rodrigues chegou ao Teatro Glauce Rocha, no fim do espetáculo de sua peça, para conferir o borderô da noite.

Leo Victor, na sala de sua casa, conversa sobre meu livro que está editando, mas não revela que num quarto ao lado, escondido há meses da polícia, está o poeta Gullar.

Drummond, de jeans e tênis, conversa comigo na esquina da Visconde de Pirajá com Farme de Amoedo. À noite, encontro com Maria Julieta num jantar.

Gonzaguinha, tímido, canta no seu primeiro Festival da Canção no Maracanãzinho.

Rubem Braga, de sua cobertura, contempla as ondas e as mulheres cada vez mais lindas.

Glauber Rocha acabou de dar mais uma daquelas estapafúrdias entrevistas embaralhando esquerda e direita.

Marcos Vasconcelos ficou rico de novo e passa com seu Mercedes pelo Garota de Ipanema. João Saldanha passa com os jornais sob o braço.

Dina Sfat reuniu facções de todas as esquerdas em sua casa, para as pessoas tomarem posição e assinarem um manifesto.

Elis está entrando naquela igreja do Leme para se casar.

Joaquim Pedro come algo no Pizzaiolo da Montenegro e comenta como pretende filmar *Casa-grande & senzala*.

Leon Hirszman, com aquele boné de revolucionário russo, critica a burguesia e fala sobre dialética da história.

Sérgio Porto, sentado na areia, lê os jornais do dia.

Paulo Leminsky deve ter uns 16 anos e aparece súbito numa Semana Nacional de Poesia de Vanguarda em Belo Horizonte.

Henfil não parece mais aquele garoto tímido que me levava seus primeiros desenhos ao *Diário de Minas;* com suas charges está enfrentando a ditadura militar com coragem guerrilheira.

Flávio Rangel está encenando duas ou três peças ao mesmo tempo, trazendo para o Brasil sucesso do exterior.

Yllen Kerr, gravador, mergulhador, fotógrafo, começou a sua racional e lenta corrida para a morte.

Clarice Lispector pediu para lhe oferecermos um jantar e, mal os convidados chegaram, pede para ir embora alegando dor de cabeça.

Érico Veríssimo conversa naquele entardecer no seu escritório como se tivesse todo o tempo do mundo.

Yan Michalsky, tão discreto, acabou de publicar mais uma crítica esclarecedora sobre o novo espetáculo.

Celso Cunha move uma de suas estantes corrediças e exibe mais um documento medieval que adquiriu.

Vinicius de Moraes, de calção, aparece na sala de sua casa, pega um copo e dá um depoimento para um livro que não sairá jamais.

Não citei todos ainda. Quantos éramos? Quantos restam?

*Ubi sunt?* — perguntavam-se os antigos. Onde estão?

O vazio, de repente, se preenche de imagens.

# OBRAS DO AUTOR

## POESIA

*Canto e palavra.* Imprensa Oficial de Minas Gerais, 1965.
*Poesia sobre poesia.* Imago, RJ, 1975.
*A catedral de Colônia e outros poemas.* Rocco, RJ, 1985.
*A poesia possível (poesia reunida).* Rocco, RJ, 1987.
*O lado esquerdo do meu peito.* Rocco, RJ, 1993, 2ª ed.
*Epitáfio para o séc. XX e outros poemas.* Ediouro, RJ, 1997.
*A grande fala do índio guarani e a catedral de Colônia.* Rocco, RJ, 1998. (disponível em e-book)
*Textamentos.* Rocco, RJ, 1999. (disponível em e-book)
*Intervalo amoroso e outros poemas escolhidos.* L&PM POCKET, Porto Alegre, 1999.
*Vestígios.* Rocco, RJ, 2005. (disponível em e-book)
*Implosão da mentira e outros poemas.* Global, RJ, 2007. (disponível em e-book)
*Que país é esse?* Rocco, RJ, 2010. (disponível em e-book)
*Sísifo desce a montanha.* Rocco, RJ, 2011. (disponível em e-book)
*Poesia Reunida*: 1965-1999, vol. 1. L&PM POCKET, Porto Alegre, 2014.
*Poesia Reunida*: 1965-1999, vol. 2. L&PM POCKET, Porto Alegre, 2014.
*Poesia Reunida*: 2005-2011, vol. 3. L&PM POCKET, Porto Alegre, 2014.

## ENSAIOS

*O desemprego da poesia.* Imprensa Universitária de Minas Gerais, 1962.
*Carlos Drummond de Andrade – Análise da obra.* Record, RJ, 1980, 4ª ed.
*Análise estrutural de romances brasileiros.* Ática, SP, 1973, 8ª ed.
*Por um novo conceito de literatura brasileira.* Eldorado, RJ, 1977.
*Música popular e moderna poesia brasileira.* Vozes, Petrópolis, 1978, 3ª ed.
*Emeric Marcier.* Edições Pinakotheke, RJ, 1983.
*O canibalismo amoroso.* Rocco, RJ, 1984, 3ª ed. (disponível em e-book)
*Política e paixão.* Rocco, RJ, 1984, 2ª ed.
*Paráodia, paráfrase & Cia.* Ática, SP, 1985, 5ª ed.
*Como se faz literatura.* Vozes, Petrópolis, 1985, 2ª ed. (disponível em e-book pela Rocco)
*Agosto 1991: Estávamos em Moscou* (com Marina Colasanti). Melhoramentos, SP.
*A sedução da palavra.* Letraviva, Belo Horizonte, 2000.
*Barroco: do quadrado à elipse.* Rocco, RJ, 2000, 8ª ed.
*Que fazer de Ezra Pound.* Imago, RJ, 2003.
*4 x Brasil: itinerários da cultura brasileira* (Affonso Romano et alii). Artes e Ofícios, Porto Alegre, 2005.
*O enigma vazio.* Rocco, RJ, 2008. (disponível em e-book)
*Drummond, um gauche no tempo.* Record, RJ, 2008.
*O futuro da autonomia: uma sociedade de indivíduos?* (Affonso Romano et alii). Unisinos, São Leopoldo, 2009.
*Com Clarice.* UNESP, 2013.
*Experiência crítica.* UNESP, 2014.
*Trajetória poética e ensaios.* UNESP, 2014.
*Entre Drummond e Cabral.* UNESP, 2014.
*Desconstruir Duchamp.* VIEIRA & LENT, RJ, 2003 (disponível em e-book pela Rocco)

## CRÔNICAS

*A mulher madura*. Rocco, RJ, 1986, 4ª ed.
*O homem que conheceu o amor*. Rocco, RJ, 1988, 2ª ed.
*A raíz quadrada do absurdo*. Rocco, RJ, 1989.
*De que ri Mona Lisa?* Rocco, RJ, 1991.
*Mistérios gozosos*. Rocco, RJ, 1994.
*A vida por viver*. Rocco, RJ, 1997.
*Antes que elas cresçam*. Landmark, SP, 2003.
*A cegueira e o saber*. Rocco, RJ, 2006. (disponível em e-book)
*Tempo de delicadeza*. L&PM POCKET, Porto Alegre, 2007. (disponível em e-book)
*Perdidos na Toscana*. L&PM, Porto Alegre, 2009. (disponível em e-book)
*Ler o mundo*. Global, RJ, 2011. (disponível em e-book)
*Como andar no labirinto*. L&PM POCKET, Porto Alegre, 2012. (disponível em e-book)
*Que presente te dar?* Leya, SP, 2013.
*Entre leitor e autor*. Rocco, RJ, 2015. (disponível em e-book)

## ANTOLOGIA

*O imaginário a dois* (com Marina Colasanti). Artetexto, RJ, 1987.
*Coleção melhores crônicas de Affonso Romano de Sant'anna*. Global, RJ, 2003. (disponível em e-book)
*Melhores poemas de Bueno de Rivera*. Global, RJ, 2003. (disponível em e-book)
*Clarice na cabeceira* (Affonso Romano et alii). Rocco, RJ, 2005. (disponível em e-book)
*Valores para viver: inspirações para refletir* (Affonso Romano et alii). Guarda-Chuva, RJ, 2005.
*Anthony Julius Naro e a linguística no Brasil: uma homenagem acadêmica* (Affonso Romano et alii). 7 Letras, RJ, 2008.

## INFANTOJUVENIL

*Porta de colégio e outras crônicas* – Para gostar de ler, v.16. Ática, RJ, 2003.
*Traço de poeta*. Global, RJ, 2006.
*A pesca*. Global, RJ, 2013.

## EDUCAÇÃO

*Encontros com o professor, vol. 1: Cultura Brasileira em entrevista* (Affonso Romano et alii). Tomo, RJ, 2006.
*Mediação de leitura: discussões e alternativas para a formação de leitores* (Affonso Romano et alii). Global, RJ, 2011.

## AUDIOBOOK

*Escute amor*. Livro Falante, SP, 2012.

Impressão e Acabamento:
EDITORA JPA LTDA.